L.O.L.A.

À Mme Turquay,
ma maîtresse d'école,
en la remerciant de m'avoir donné
le goût des livres et des mots.

Ce roman a obtenu le Prix "Livre mon ami"
en Nouvelle Calédonie en 2001.

CLAIRE MAZARD

L.O.L.A.

Castor Poche Flammarion

— Regarde, une lettre pour toi, remarqua Medhi.

Lola se baissa, ramassa l'enveloppe bleue glissée sous la porte. Son prénom apparaissait en lettres capitales, séparées par un point : L.O.L.A. Ce n'était ni l'écriture de sa mère, ni celle de Michel.

— Je veux manger, j'ai faim ! brailla Jérôme en jetant son blouson par terre.

Lola abandonna la lettre sur la table.

— Tu te tais !

— J'ai faim ! Donne-moi tout de suite à manger, Lola !

Elle se planta devant lui.

— Mettons bien les choses au point, Jérôme. Ton père, Michel, et ma mère, Alice, ont peut-être décidé de vivre ensemble, mais tu n'es pas mon frère, même pas mon demi-frère. Tu n'es qu'un MORVEUX pour moi. Je te supporte par obligation, c'est clair? Et je te prépare à manger si je veux!

— Je t'aime pas Lola quand tu parles comme ça.

— Eh bien, moi non plus, je ne t'aime pas.

— Laisse tomber, Lola. Je mets les hamburgers au micro-ondes? proposa Medhi.

— Si ça t'éclate de jouer le garde-mioche!

Tous les mercredis après-midi, même galère : se coltiner Jérôme, trois ans, le fils de Michel, le nouveau compagnon de sa mère.

— Et mon dessert, Lola?

Elle lui braqua sous son nez la crème au chocolat. Allez, à la sieste maintenant! Elle le poussa dans sa chambre. Ouf! Deux heures tranquilles avec Medhi avant de se replonger dans l'enfer «Jérômien» du mercredi : «Je VEUX aller au parc, je VEUX monter sur le manège, je VEUX une glace... Je VEUX, je VEUX...» Ras le bol du morveux!

— Tu ne lis pas ta lettre? demanda Medhi.

— Ma lettre...? Ah, oui!

Elle attrapa l'enveloppe bleue.

— C'est peut-être un amoureux?

Lola perçut comme de la tristesse dans la voix de son ami. Avec son teint caramel, ses cheveux noisette, ses yeux clairs soudain assombris, Medhi était trop craquant. Il ressemblait à... un nounours. L'avoir dans sa vie la rassurait. Il appartenait à la catégorie des doux, des tendres. De ceux aussi qui savent ce qu'ils veulent, ce qu'ils aiment. Medhi l'aimait, elle, Lola. Depuis le C.P. Au collège, ce n'était pas un secret : « Medhi aime Lola. » Timide, il ne lui avait encore rien confié. Elle l'aimait aussi. Un jour viendrait où tous deux, naturellement, s'avoueraient leur amour. Pour l'instant, ils avaient treize ans à peine et toute la vie devant eux. Pourquoi se presser ?

Elle décacheta l'enveloppe. Une feuille – de même couleur bleue – apparut, zébrée d'une écriture régulière, facile à lire.

***

Lola,

Tu ne me connais pas, je ne te connais pas vraiment non plus et ma démarche va te paraître curieuse, un peu folle, irréelle. J'ai une maladie, il est trop tard pour m'en guérir et je vais mourir bientôt. Avant la fin de l'année. Je le sais. Je le sens. J'ai un secret au fond de moi. Depuis longtemps. Si longtemps. J'ai besoin de te le raconter, à toi, Lola. Réfléchis longuement avant d'accepter. Si tu veux bien m'aider en devenant ma confidente, demain, mets ta casquette verte. Sinon, mets la rouge.

***

— Alors ? questionna Medhi.

Lola soupira. Elle ne savait que penser. Elle tendit la feuille bleue à son ami.

Il eut une moue sceptique, puis :

— C'est une blague de Greg.

Lola fit claquer ses doigts. Mais oui ! Medhi avait raison, c'était du Greg tout craché. Dire qu'elle avait failli tomber dans le panneau !

— Monter un bateau plus gros que lui, il est nul ! Il a demandé à un copain de l'aider pour que je ne reconnaisse pas son écriture.

— Tu vas faire quoi ?

Elle haussa les épaules.

— J'sais pas. Je verrai demain. On écoute les CD ?

Ils s'installèrent dans sa chambre, par terre, devant la fenêtre. Elle n'allait pas en rester là avec Greg.

Dehors, les gens marchaient vite à cause du froid.

Et si ce n'était pas Greg ? Si un inconnu, vraiment, l'avait choisie, elle, pour lui raconter sa vie?

Dans l'appartement cocon, en compagnie de Medhi, peu à peu, un bien-être l'envahit.

***

Cette nuit-là, elle fit un cauchemar : Greg, transformé en squelette, coiffé d'une casquette couleur bleue de la lettre, la poursuivait en chuchotant : «Je sens que je vais mourir, Lola...» Elle se réveilla en sursaut, glacée. Sa décision était prise : Greg ne l'épouvanterait plus longtemps avec sa blague stupide.

Au matin, elle enfonça sa casquette verte sur sa tête.

Dès la grille du collège, elle l'aperçut du côté du distributeur de boissons, entouré de sa bande.

— Hé, Greg!

Il tourna la tête vers elle.

— J'ai mis ma casquette verte!

Il la laissa venir jusqu'à lui, puis :

— Une vraie chouette avec ta casquette, Lolette!

Un rire s'échappa de la bande. Elle recula, décontenancée mais pas démontée.

— Ta lettre, la programmation de ta soi-disant mort, ce ne sera pas une perte.

— Quelle lettre ? Tu es en plein délire, la chouette !

Greg semblait tomber des nues. Medhi arriva.

— Je me suis trompé, Lola. Tu vois bien, ce n'est pas lui qui t'a écrit, murmura-t-il.

— Mais, avec ta casquette, t'es drôlement canon, p'tite chouette !

Greg pouffa de rire.

— Viens, Lola, dit Medhi. N'y pense plus, c'est une erreur.

Une erreur ? Sur l'enveloppe, il y avait marqué « L.O.L.A ». C'était bien à elle qu'un inconnu s'était adressé. « N'y pense plus… »

Elle y pensa. Pas toute la journée, mais un peu quand même. Et le soir, en rentrant du collège, la lettre lui trottait dans la tête. Elle s'arrêta à l'école maternelle. Les maîtresses la connaissaient. « Le collège est juste à côté, tu veux bien, Lola, accompagner Jérôme le matin et le récupérer le soir ? » Michel travaillait à l'hôpital de douze à vingt heures. Difficile pour lui d'amener et de récupérer son fils à l'école. Alice n'avait pas d'horaires fixes. « C'est provisoire, en attendant que je trouve une baby-sitter », avait ajouté Michel. Lola n'avait pas osé dire

non mais cela durait depuis la rentrée. Michel n'avait toujours pas trouvé de baby-sitter et la baby-sitter, « en attendant » comme il disait, c'était elle : matin, soir et mercredi après-midi ! Alice, sa mère, sa propre mère, aurait pu comprendre, la défendre. Mais non !

« Mets-y un peu du tien, Lola. C'est difficile pour Jérôme de ne plus avoir sa mère.

— Je n'y suis pour rien et ça ne l'oblige pas à être insupportable !

— Il t'aime beaucoup. Fais un effort. »

Elle en avait assez. De Jérôme. Et de Michel avec ses airs de « Monsieur je sais tout ». Un jour Clémence et Lucylle, en l'apercevant, s'étaient écriées : « Il est bôôôô, ton beau-père ! » Beau ? Avec ses traits trop réguliers, sa silhouette trop sportive... Alice s'était séparée du père de Lola alors qu'elle était toute petite. Il était parti vivre à l'étranger et Lola le voyait très rarement. Pour sa mère, Lola aurait tout accepté, même Michel. Mais pas le morveux à allure de petit lord ! Qu'on lui imposait de garder en plus !

Jérôme courut vers elle, les cheveux en bataille.

— Il s'est disputé avec un autre enfant, crut

bon d'expliquer la maîtresse. Rassure-toi, rien de grave.

On lui rendait des comptes comme si elle était la mère ou la grande sœur !

« Rassure-toi. » Aucun risque qu'elle s'inquiète.

— Tu viens ?

Il la suivit sans rien dire jusqu'à leur immeuble. Ils entrèrent dans le hall. Elle ouvrit la boîte aux lettres. Imperceptiblement, sa main trembla. Dans la boîte : une nouvelle enveloppe bleue, avec L.O.L.A.

Elle la glissa dans son cartable.

Sa mère les accueillit.

— Je suis sortie exceptionnellement plus tôt du travail. J'ai failli récupérer Jérôme à l'école, puis j'ai pensé que tu t'inquiéterais en ne le voyant pas.

Décidément !

— Ça va, Lola ?

— Ça va, M'an.

Elle ôta sa casquette, déposa un bisou dans le cou de sa mère. Celle-ci sentait bon. Lola lui avait toujours connu ce parfum un peu citronné. Alice lui caressa la joue gauche. Cette caresse aussi, Lola l'avait toujours connue. Toujours la joue gauche.

À son tour, Jérôme se précipita dans les bras d'Alice.

— Il y a eu du courrier aujourd'hui, Maman ?

— Rien pour toi, pourquoi ?

— Pour rien.

L'enveloppe bleue avait donc été déposée dans la boîte après la distribution de 16 heures.

— J'ai des devoirs à faire.

Elle s'enferma dans sa chambre à double tour : Jérôme et sa manie d'entrer sans frapper !

Elle sauta sur son lit, ouvrit l'enveloppe, reconnut l'écriture régulière.

***

Petite Lola,

Merci d'avoir mis ta casquette verte. Merci infiniment. J'ai tant de regrets quand je regarde ma vie. Ne parle de moi à personne, je te le demande. Je te confierai mon secret en six lettres. Pourquoi six ? Pas cinq ou sept ? Je ne sais pas. Peut-être un chiffre pair pour une existence boiteuse.

Ces lettres seront en quelque sorte mes mémoires, mon journal. Une fois que j'aurai commencé, je le sais, je ne pourrai arrêter le cours de mon aveu. Mais parviendrai-je à écrire la sixième ? J'ai si mal quand j'y pense.

Dimanche, dans trois jours, je te ferai parvenir la première.

***

Lola avala sa salive. Ce nouveau message n'était en rien une blague, de Greg ou de quiconque.

ON l'avait donc guettée pour la casquette, suivie peut-être. Qui ? Un professeur ? Un élève ? Un membre du personnel du collège ? Un voisin ? Une voisine ? Quelqu'un de son entourage en tout cas, qui connaissait l'existence de ses deux casquettes rouge et verte.

Bizarre, cet inconnu qui la choisissait pour lui écrire.

Et si elle avait mis la casquette rouge ?

Mais déjà, elle savait : ce serait à refaire, elle choisirait à nouveau la verte.

— Je peux téléphoner ?

Elle appela Medhi pour le mettre au courant.

***

Le vendredi et le samedi, il plut sans arrêt.

Dimanche : soleil.

— M'an, je descends voir le courrier.

— Voyons, c'est dimanche, Lola.

— Ah, oui… Heu… je vais faire un tour. J'achèterai le pain pour midi.

— Je veux venir !

Jérôme se précipita sur son blouson.

— Tu restes ici !

Pour le semer, elle laissa l'ascenseur, dévala les escaliers.

Boîte aux lettres vide !

L'air était vif. Elle ferma sa doudoune.

— B'jour, Monsieur Dourne, lança-t-elle au fleuriste.

Elle avait grandi dans le quartier. Les commerçants la connaissaient. L'un d'entre eux, peut-être, lui avait écrit. « Dimanche, dans trois jours, je te ferai parvenir la première. » Pourquoi la boîte aux lettres restait-elle vide ? Le manège, place Dugommier, le « manège de Jérôme », comme elle l'appelait – dès qu'il l'apercevait, il braillait : « Je VEUX faire un tour ! » –, tournait au rythme de sa musique. Deux enfants se balançaient, l'un sur une girafe, l'autre sur un cheval.

Qui était l'auteur des lettres ? Un homme ou une femme ? Jeune ou vieux ?

Elle aurait aimé en parler à quelqu'un. À Medhi. Medhi qui passait le week-end chez ses grands-parents, en province.

Elle fit la queue à la boulangerie.

— Une baguette, s'il vous plaît.

— Voilà. Eh, attends ta monnaie, tu es dans la lune, Lola…

Elle appela l'ascenseur, ouvrit la porte, s'engouffra. Et si… le temps d'aller à la boulangerie…? Elle ressortit précipitamment.

L'enveloppe était là !

Elle jeta la baguette sur la table.

— Lola, mais enfin…, maugréa Michel.

Clic ! clac ! Seule dans sa chambre.

***

Voici donc la première lettre. Voir ma main courir sur le papier pour me confier à toi, petite Lola, m'apporte déjà du réconfort. Je t'ai choisie, parce que tu me rappelles quelqu'un, une fille qui a eu ton âge : Galla. Ces lettres, c'est aussi à elle que je les adresse. Mais je t'ai choisie pour une autre raison, tu comprendras, plus tard.

Certains moments de ma vie sont gravés en moi, à jamais.

G comme Galla.

G comme Gifle.

G comme Glisser.

En écrivant mes souvenirs, glisser au plus profond de mes regrets.

Août 1960. J'ai huit ans. Je suis un garçon comme les autres : j'aime jouer, monter à vélo, me rendre à l'école.

Galla, ma cousine, a six ans. Elle habite chez nous depuis trois ans. Dans notre maison, à mon père, ma mère et moi. Mon père se prénomme Sacha. C'est un homme imposant, aux cheveux et à la barbe poivre et sel, gai et franc. Il adore ma mère. Il adore Galla. Il lui chantonne une multitude de petits surnoms en la faisant sauter sur ses genoux.

Ma mère s'appelle Florence. Comment la décrire ? Menue, vive, cheveux châtains et courts. Je revois son regard clair. Ma mère que j'ai tant désespérée. « Ma petite Maman » comme je l'appelais alors.

Nous habitons une vaste maison au bord du lac d'Annecy. Agréable, avec un jardin. Une maison qui respire la douceur de vivre, comment dire, une maison dans laquelle un enfant ne peut pas, ne doit pas se sentir malheureux. Dans cet eden pourtant, je me suis cru si malheureux.

Galla, tu avais tellement plus de raisons que moi de l'être !

Tu es venue vivre chez nous parce que très tôt, à l'âge de trois ans, tu as perdu tes parents. Ta mère, la sœur de la mienne, est morte dans un accident de voiture. Ton père, malade, est décédé quelque temps après. Alors mes parents t'ont adoptée. Au début, tu as eu du mal, puis, peu à peu, tu as pris l'habitude d'appeler ma mère « Maman » et mon père « Papa ». Ton Papalou. Ta Mamanou. Tu es venue vivre chez nous.

Je te revois. Tu es une enfant aux cheveux bruns, très courts, au regard bleu. Une enfant qui réclame tant d'amour. Tu t'élances dans les bras de ma mère – qui n'est pas la tienne – et elle t'embrasse. Tu me prends les baisers, la tendresse de ma mère. Parfois tu te blottis contre elle, en elle, et je vois que ça l'émeut, la bouleverse. Tu me voles mes parents. Ils ne m'aiment pas, ils ne m'aiment plus depuis que tu es là, depuis qu'ils t'aiment, toi. Ils ont décidé de t'adopter. Moi, NON. Je m'interdis de t'aimer. JAMAIS tu ne seras ma sœur.

Cette jalousie, proche de la haine, me minera toute mon enfance.

Le 13 août 1960. J'ai huit ans. Toi, Galla, six. Nous jouons dans le jardin. Plus exactement, je joue, toi, derrière, tu essaies de me rattraper pour partager mes jeux. Je te repousse comme toujours. Alors, ce jour-là, exaspérée, tu me jettes ta peine à la figure : « Égoïste ! » ou « Méchant ! ». Je ne sais plus. Et tu ajoutes – ça, par contre, je m'en souviens très bien – : « Je vais le dire à ma maman. »

Le dire à « MA » maman.

Je deviens fou soudain. Je hurle : « Ma mère n'est pas la tienne. La tienne est morte. Tu n'as plus de mère. Et c'est bien fait ! »

La gifle s'abat sur ma joue. La foudre. Je recule, atterré.

À cause de toi, Galla, ma mère m'a giflé. Le 13 août 1960. Je n'oublierai jamais. JE TE HAIS.

Je cours me réfugier dans ma chambre et je prête serment : « Toute ma vie, Galla, je te le ferai payer. Toute ma vie, je te traiterai en étrangère. »

***

La lettre s'arrêtait là. Lola ferma les yeux.

— Lola, je veux que tu me lises une histoire !

Les coups de poings frappés à la porte de sa chambre la sortirent de ses pensées.

— Lola !

— Laisse-moi, Jérôme. Je fais mes devoirs.

Les coups tambourinèrent encore un temps puis cessèrent.

« Ne parle de moi à personne » avait demandé l'inconnu dans son premier message. Lola avait besoin d'en parler. Medhi, de toute façon, était déjà au courant. Medhi, surtout, ce n'était pas n'importe qui : c'était un peu d'elle-même, le meilleur d'elle-même.

***

— Je ne sais pas quoi penser.

Medhi lui rendit la lettre, le visage grave, puis ajouta :

— Huit ans en 1960, aujourd'hui, ton inconnu a dans la cinquantaine. Tu le connais peut-être.

La sonnerie de la fin de recréation retentit. Ils se dirigèrent vers le labo.

Un homme de cinquante ans ?

— Vous vous dépêchez, les 5e A ! cria M. Charillat, le professeur de sciences.

Son regard s'attarda sur Lola. Et il eut un sourire. Un sourire inhabituel, songea-t-elle.

***

M. Charillat, au tableau, alignait une formule. Petits signes incompréhensibles sur lesquels Lola ne parvint pas à fixer son attention. Ce regard ? Ce sourire ?

M. Charillat ? Non, ce n'était pas possible…

Pourtant, en y réfléchissant… Trois questions bientôt s'imposèrent à elle.

— Que se passe-t-il ? demanda Medhi.

Elle se baissa, désigna le prof :

— M. Charillat, eh bien, je crois…

— Lola, c'est fini !

Elle plongea le nez dans son classeur.

— Alors ? insista Medhi.

Elle arracha une feuille, écrivit :

1) Quel est le professeur de 5e qui me connaît le plus ?

Réponse : M. Charillat, notre prof principal.

2) Quel est l'enseignant qui nous demande toujours d'ôter nos casquettes en cours ?

Réponse : M. Charillat.

3) Quel âge a-t-il ?

Réponse : Dans les cinquante ans.

Elle fit glisser la feuille.

À la réaction de Medhi, elle comprit qu'elle venait de taper dans le mille.

***

Le soir, halte inévitable à la maternelle, rue de la Brèche-aux-Loups.

— Un jour, les loups te mangeront, dit-elle à Jérôme en chemin.

Pour s'amuser, se venger de toujours le traîner à ses baskets.

— Les loups n'existent pas. Tu dis ça rien que pour m'embêter.

— Non seulement ils existent, mais en plus ils raffolent du goût des enfants. Surtout des teigneux !

Il la suivit, triste.

Mais le soir après le repas, il avait oublié car il tourna autour d'elle.

— Tu joues avec moi, Lola ?

— Tu crois que j'ai la tête à jouer !

Elle le regarda, son puzzle de Babar à la main.

— Je cauchemarde, murmura-t-elle pour elle-même.

— Je veux que tu joues avec moi !

— Laisse-moi ou j'appelle les loups.

— Lola, commença Alice sur un ton de reproche.

— Quoi, Lola ! J'ai l'âge de jouer à Babar ?

— Je ne sais pas ce que tu as, ces derniers temps, soupira sa mère.

— J'ai que j'en ai ASSEZ de jouer les baby-sitters !

— Écoute, Lola, nous en avons déjà discuté. Nous sortons trop tard du travail, Michel et moi. Michel te l'a dit, c'est momentané. Nous augmenterons ton argent de poche.

Elle préféra ne pas répondre. Le problème n'était pas là.

— Medhi m'a proposé d'aller chez lui ce soir. Je peux ?

Sa mère lui sourit.

— Ça te changera du baby-sitting. Tu ne rentres pas après dix heures, d'accord ?

— OK.

Elle embrassa Alice.

— Salut, Délice des loups ! lança-t-elle à Jérôme pour le seul plaisir de le voir enrager.

***

Medhi l'attendait. Ses parents recevaient des amis. Ils s'installèrent dans sa chambre avec un plateau pizza-Coca.

— Observer M. Charillat durant ses cours ne nous apprendra rien, Lola. Il faut le guetter à la sortie du collège. Je me suis renseigné :

jeudi, il a conseil de classe jusqu'à 18 heures, nous le suivrons.

Il la raccompagna en bas de son immeuble. Il faisait nuit.

— À demain, Lola.

— À demain.

Les illuminations du hall l'éblouirent. À tout hasard, elle ouvrit la boîte. Une nouvelle lettre ! L'inconnu, c'était évident, épiait ses allées et venues. Il avait glissé la lettre pendant qu'elle était chez Medhi. Dans le silence de la nuit, le ronronnement de l'ascenseur lui parut infernal.

Jérôme était couché. Alice et Michel, dans leur chambre, regardaient la télé.

— Il est dix heures, me voilà. Bonne nuit les amoureux !

Elle sauta sur son lit.

***

Deuxième lettre.

« Toute ma vie, je te le ferai payer, Galla. Toute ma vie, je te traiterai en étrangère. »

Vois-tu, Lola, le plus triste, c'est que j'ai mis un point d'honneur à tenir ce serment ridicule d'enfant jaloux. Et je l'ai tenu. Si longtemps. Trop longtemps.

À présent, j'ai besoin de te demander pardon, Galla, comme de pardonner à l'enfant que j'ai été et qui t'a malmenée.

Les rancœurs d'enfant s'effacent, s'allègent généralement avec le temps, pourquoi n'ai-je pas changé ?

Galla, ma petite cousine, ma sœur…

Tu avais besoin d'être chérie. Tu méritais tant d'être aimée. Et moi, je n'ai su que…

À la mi-octobre, quelque temps après le 13 août 1960 – je me souviens très bien : la rentrée scolaire avait eu lieu, Galla était entrée au C.P. avec son livre de lecture, son cartable neuf… Mes parents s'étaient beaucoup occupés d'elle –, à la mi-octobre donc, ils organisèrent une fête pour nos deux anniversaires. Je suis né le 14 octobre, Galla le 21. Avec cette fête, mes parents, certainement, souhaitaient effacer l'épisode de la gifle. Ma mère en paraissait très contrariée. Elle était venue me chercher dans ma chambre, en vain, et les jours suivants, à plusieurs reprises, m'avait pris sur ses genoux pour m'expliquer. Je m'étais dégagé. Je ne voulais rien savoir. Tout ce que je savais, ce dont j'étais sûr parce que ça me crevait les yeux, c'est qu'ils préféraient Galla à moi. Qu'ils la défendaient contre moi. Et je détestais cette cousine qu'on m'imposait.

Pour notre anniversaire, ma mère s'était surpassée dans la décoration et mon père…

— J'ai une surprise pour vous deux.

Son visage rayonnait. Il avait l'air si gamin, ce jour-là, si heureux.

Cérémonieusement, il nous banda les yeux, et nous guidant chacun par la main, nous conduisit au fond du jardin. Le parfum de ma mère flottait derrière nous. Quelque chose d'exceptionnel allait se passer. Nous le devinions. Galla, tout comme moi, je suis sûr, ressentait l'instant comme magique.

— Voici votre cadeau, a annoncé Sacha en ôtant nos bandeaux.

J'eus le souffle coupé. Galla poussa un cri de joie.

Devant nous, magnifique, rutilant, un manège trônait, un vrai, en bois. Totalement refait à neuf.

Nous vivions un rêve.

Mon père le fit fonctionner et une mélodie entraînante nous emporta dans un des plus beaux jours de notre vie. Les yeux de Galla brillaient d'émerveillement. Sans plus attendre, elle sauta dans un carrosse. Et mes parents se mirent à rire. Mon père surtout, ravi. Acheté en mauvais état à un forain, il avait retapé le manège durant des week-ends entiers dans le garage dont il nous avait interdit l'accès. Il y avait mis tout son amour. Pour Florence. Pour Galla. Et pour moi. Je fêtais mes neuf ans. J'étais plutôt grand pour un manège mais celui-ci se révélait féerique. Je rejoignis Galla en choisissant un cheval noir. Est-ce les lumières, la musique, il a toujours eu quelque chose de magique. Dès qu'il tournait, le jardin respirait l'insouciance et mes parents riaient… Deux vrais gosses.

Il aurait dû être le manège de l'amour.

Galla en raffolait et, dès le matin, s'y précipitait.

Il aurait dû être le manège du bonheur.

Elle sautillait du cheval au bateau, du bateau au carrosse… Son véhicule préféré restait l'avion rouge. Bien qu'il fût fixé au plancher, elle s'imaginait, emportée dans ses rêves, voler à travers les nuages. Au volant de son avion, elle semblait tellement heureuse. Ma mère ne la quittait plus du regard.

Le 13 août 1960. La gifle. Ma joue en feu. Rien ne pouvait me faire oublier.

Un après-midi, alors que nous étions tous les quatre au manège, un voisin vint rendre visite à mes parents. Nous sommes restés seuls, Galla et moi, au fond du jardin.

— Tu le fais tourner, s'il te plaît, me demanda Galla.

Comment ai-je pu ?

J'actionnai le manège de toutes mes forces. Il tourna lentement d'abord, puis de plus en plus vite. Un tourbillon. Galla, prise de panique, se mit à crier. Mais la musique couvrait sa voix.

— Arrête, arrête ! suppliait-elle.

Elle voulut sauter… s'écrasa au sol.

Et j'ai ri. Aux éclats. De si bon cœur.

Arcade sourcilière ouverte. Trois points de suture.

À ton retour de l'hôpital, ton pansement au-dessus de l'œil, Galla, m'a fait de la peine quand même. Et, plus tard, quand le pansement fut ôté, la cicatrice violette, vraiment vilaine. Mais je m'étais vengé de la gifle. Emprisonné dans ma jalousie, je n'ai rien voulu voir de ta souffrance silencieuse. Tu n'as jamais raconté aux parents ce qui s'était passé. Tu avais honte pour moi, je crois. Et moi, c'est aujourd'hui que la honte m'envahit, à écrire ces instants.

Cette cicatrice, Galla, tu l'as gardée en grandissant.

Je voudrais tant pouvoir la caresser maintenant, lentement glisser mon doigt le long de ta joue pour effacer tes larmes...

Ma Galla, cette marque au-dessus de l'œil, cette blessure dans ton cœur, tu les as peut-être encore.

***

Alice et Michel avaient éteint la télé. Lola s'allongea sur son lit. Qui était l'inconnu?

« Quelqu'un de ton quartier », disait Medhi.

Après-demain, ils suivraient M. Charillat.

Et Galla? Peut-être faisait-elle partie aussi de son entourage?

***

Elle se réveilla plutôt en forme. Jérôme lapait son chocolat. Elle embrassa sa mère.

— Tu n'embrasses pas Jérôme?

— Il est scotché à son bol!

— Au fait, commença Alice, ennuyée. Demain soir, je ne pourrai pas rentrer avant 20 heures. Pourras-tu garder Jérôme jusqu'à mon retour?

— Quoi?

— Demain soir, le conseil de classe, M. Charillat…

— Impossible, j'ai prévu quelque chose.

— Quoi donc?

— Heu… je dois voir Medhi.

— Tu le vois tous les jours. Il n'aura qu'à venir ici. Si tu veux, j'appelle ses parents.

— Mais… Ensemble nous devons…

Elle soupira puis se tut. Impossible de mettre sa mère au parfum. Elle s'assit, se servit de corn-flakes, puis soudain eut une idée : dans l'entrée, garée, la poussette, dont Michel se servait pour les longues promenades avec Jérôme. Ah! Elle devait garder Jérôme! Mais il n'avait pas été précisé qu'elle devait le garder À LA MAISON. Le petit lord dans son carrosse, rien ne l'empêchait avec Medhi de mener son enquête.

***

— La poisse! Demain soir, ma mère me traîne chez des amis à elle. Pas moyen d'y échapper. C'est raté, pour M. Charillat, Lola.

— Oh, non!

— On remet ça?

— Quand? Il ne finit jamais après 17 heures.

Il sort toujours avant nous. Le conseil de classe jusqu'à 18 heures, c'était l'occasion ou jamais.

La cloche sonna.

« On remet ça. » Medhi ne se rendait pas compte !

« Je vais mourir. Je le sais. Je le sens. Avant la fin de l'année. »

On était déjà le 6 décembre. Découvrir l'identité de l'inconnu devenait URGENT.

La décision de Lola était prise.

***

Le lendemain s'écoula lentement. Toute la journée, elle songea à son enquête. À 17 heures : sprint jusqu'à l'appartement pour prendre la poussette puis elle fonça à l'école maternelle.

— Où on va, Lola ?

— Chut ! C'est une surprise, dit-elle pour couper court à toute question.

À 18 heures tapantes, planquée derrière une voiture, Jérôme dans la poussette, elle guettait le prof de sciences. Elle vit sortir Sylvie Cassé, la prof de maths, M. Roques, dit Rocquy, Mme Tison ou Titi, Mme Zerafa surnommée Zébulon… Avec Medhi, elle s'amusait à donner des surnoms aux enseignants. Les quatre tortues Ninja, quatre profs inséparables, défilèrent à leur tour : Mmes Bréhin, Das, Sauvadet et Mazap. Mais toujours pas de M. Charillat.

Son cœur se mit à battre soudain. Vêtu de son éternel imper, le prof de sciences se dirigeait droit sur elle. Elle se plaqua derrière un platane. Ouf ! La silhouette s'éloigna sans l'avoir vue. Elle jeta un œil à Jérôme. Chance inespérée : le petit lord dormait.

La silhouette avançait, rapide. Les lumières de Noël décoraient déjà la place Daumesnil. Guirlandes d'ampoules : petites boules de feu suspendues dans les arbres comme du gui. Depuis toute petite, Lola aimait cette ambiance, quand Alice l'amenait voir les vitrines de jouets. Malgré le froid, un homme vendait des marrons chauds à la sortie du métro. Braises incandescentes et odeur réconfortante. Les cornets de marrons aussi, c'était son enfance, heureuse avec sa mère, malgré l'absence de son père. Enfance avec Madey également, sa grand-mère Madeleine. Madey et ses rides quand elle lui souriait. Madey, toujours vivante dans son cœur. La pâtisserie avait baissé son rideau de fer. Rue du Docteur-Goujon… Contrairement à la place, les rues alentour étaient mal éclairées. Le professeur de sciences stoppa soudain au n° 7 de la rue de Tahiti, poussa la porte et disparut.

Lola fut prise de panique. Comment faire avec la poussette ? Surtout avec Jérôme qui, en se réveillant, ameuterait le quartier. Elle la fit rouler dans un coin, derrière des poubelles. Heureusement, Jérôme dormait toujours à poings fermés.

Hall vieillot. M. et Mme Charillat : 3e étage, porte droite. Elle monta les escaliers sans faire de bruit. Sur le palier, au 3e, des cris lui parvinrent. Elle s'approcha, colla son oreille.

— Dis-donc, Papa…

Puis il y eut de la musique.

Lola resta un moment debout derrière la porte. La lumière de l'escalier s'éteignit. Elle n'apprendrait rien de plus. M. Charillat, rentré chez lui, retrouvait une vie de famille ordinaire. Elle se résigna à descendre les marches. Elle ouvrit la porte, se dirigea vers les poubelles et…

L'effroi la glaça.

La poussette de Jérôme, la poussette AVEC Jérôme avait disparu !

Elle courut, affolée. Pas de Jérôme en vue.

— Vous n'avez pas vu un petit garçon, Madame ?

Sa voix tremblait.

La jeune femme fit non de la tête. Lola entra dans le café le plus proche. Odeur infecte de tabac froid. Des regards se tournèrent vers elle. Pas de Jérôme. Elle sortit. Une boule d'angoisse montait dans sa gorge. Que s'était-il passé? Jérôme s'était réveillé, détaché et... Dans ce cas, où était la poussette? Elle courut à la station de métro Bel-Air. Jérôme, s'il s'était faufilé sous le tourniquet, pouvait être monté dans n'importe quelle rame et dans ce cas, INÉVITABLEMENT, il était perdu. Connaissait-il seulement son adresse?

La boule dans sa gorge grossissait. Lola avait du mal à respirer. Elle dévala les escaliers, se précipita au guichet.

— Vous n'avez pas vu un petit garçon, tout seul qui...?

L'homme haussa les épaules.

— Tant de monde qui passe, marmonna-t-il.

Elle ressortit.

Jérôme seul dans Paris!

Elle essaya de se raisonner. D'abord, il aurait laissé la poussette dans la rue. Ensuite, elle n'était restée dans l'immeuble que quelques minutes. Jérôme ne pouvait pas, ne DEVAIT pas être bien loin. Alors, pourquoi ne le trouvait-elle pas ? Une hypothèse surgit dans son esprit et la panique soudain l'envahit : on avait KIDNAPPÉ Jérôme.

Qui ? L'Inconnu, l'auteur des lettres ? Celui-ci ne lui voulait aucun mal, au contraire, il demandait son amitié. Elle fit trois fois l'aller-retour de la rue de Tahiti. Déserte. Lugubre. Toujours pas de Jérôme. Elle allait devenir folle. D'angoisse. De rage aussi. Le Morveux lui empoisonnerait donc toujours la vie ! Elle se mit à pleurer. Qu'allait-il se passer maintenant ?

Elle erra encore rue de Picpus, rue Louis-Braille. Jérôme pouvait être entre les mains de n'importe quel dingue ! Elle devait avertir la police. Elle réfléchit. Non, le mieux était de prévenir sa mère et Michel. Les prévenir. Leur annoncer la disparition de Jérôme. Leur expliquer. Leur expliquer quoi ? En plus, ils ne seraient pas encore là. Elle devrait les attendre, angoissée.

La rue de Charenton lui parut sinistre. Devant Monoprix, des S.D.F. étaient couchés dans leurs cartons. Elle accéléra le pas. 5e, 6e étage. L'ascenseur s'arrêta. Un rai de lumière filtrait de l'appartement. Alice et Michel étaient donc rentrés.

— La voilà ! s'écria Alice.

Sa mère se précipita, la serra contre elle.

— Tu vas bien ? Où étais-tu ? Nous étions fous d'inquiétude.

Michel aussi paraissait dans tous ses états.

— Nous allions prévenir la police.

— J'ai perdu Jérôme…

Elle se mit à sangloter, se laissa tomber dans le canapé.

— Mais pas du tout, voyons… dit Alice. Il dort dans sa chambre. Mme Charles, la voisine, l'a trouvé dans sa poussette rue de Tahiti. Elle a averti le gardien qui, heureusement, a mon numéro au travail. J'ai aussitôt prévenu Michel.

Mme Charles, la voisine, c'était donc elle… ?

Lola ferma les yeux. Jérôme était retrouvé !

— Qu'est-il arrivé ? Explique-nous, Lola. Pourquoi es-tu sortie avec Jérôme ?

Sa mère s'assit à côté d'elle.

— J'avais quelque chose à faire rue de Tahiti. Je vous promets, j'ai laissé la poussette juste quelques minutes…

— Rue de Tahiti ? Qu'avais-tu à faire rue de Tahiti ? demanda Michel.

— Je ne peux pas vous dire.

— Écoute, Lola, je suis ta mère…

Le ton d'Alice montait.

— Je dois savoir !

Après l'angoisse, l'affrontement maintenant.

— J'attends ton explication, Lola.

Elle n'en pouvait plus, quelle explication donner ? Elle éclata en pleurs. Alice se radoucit, lui prit la main.

— Bon, tu es fatiguée, tu vas aller te coucher, nous en reparlerons demain.

Lola, sous sa couette, mit longtemps à s'endormir.

***

Sa première pensée, le lendemain, fut pour Alice. Elle connaissait sa mère. Celle-ci n'allait pas abandonner.

Elle entra dans la cuisine. Michel dormait encore. Ouf ! Aucune envie de lui rendre des comptes à lui. Jérôme, à son habitude, lapait son chocolat. Mais il sortit son nez de son bol.

— Et ta surprise, Lola ?

La surprise ? Ah oui, hier au soir, le prétexte pour qu'il se tienne tranquille. La soirée, finalement, ne l'avait pas beaucoup perturbé, LUI.

Elle s'assit, se servit de corn-flakes.

— Que j'attende tes explications ne doit pas t'empêcher de m'embrasser, dit Alice doucement.

Lola se leva.

— Jérôme aussi.

Elle n'osa pas refuser. Ce n'était pas le jour.

Jérôme l'embrassa à son tour. Bisou baveux de chocolat.

— Pouah !

— Arrête un peu, Lola ! Alors, que faisais-tu hier au soir rue de Tahiti, au lieu d'être ici ?

Impossible d'y couper. Lola respira un bon coup.

— Rien de mal, Maman, je te jure, je ne peux rien dire.

— Lola, Michel n'est pas là. En sa présence, je peux comprendre que tu ne veuilles pas… mais à moi…

— Je suivais le prof de sciences.

— Le prof de… Pourquoi ?

— Oh, un pari avec les copains.

— Et ça pouvait pas attendre ? Et tu emmènes Jérôme avec toi ! On t'a déjà dit de ne jamais le laisser seul, ne serait-ce qu'une minute !

— J'en ai assez de toujours le garder !

Sa mère se radoucit.

— Je sais, Lola. Michel ne se rend pas compte. Et il ne sait pas toujours s'y prendre avec toi. Mais tout de même, l'abandonner dans la rue !

Elle soupira, ajouta :

— Bon, c'est promis, ce soir, je parlerai à Michel pour la baby-sitter.

Lola se laissa caresser la joue, embrassa sa mère dans le cou.

Jérôme enfilait son blouson.

Elle prit l'ascenseur avec lui, plus légère.

***

Dans la boîte aux lettres, la troisième lettre l'attendait. Vite, déposer Jérôme à l'école. Vite, lire la lettre avant d'arriver au collège. Ses yeux parcoururent l'écriture devenue familière. Elle ne voyait plus rien autour d'elle, ni les voitures, ni les passants.

***

À dix-huit ans, j'ai quitté Annecy, mes parents, Galla. J'ai d'abord été instituteur puis je suis parti à l'étranger. J'ai beaucoup voyagé et exercé de multiples métiers. Pourquoi ai-je toujours eu ce goût invétéré pour le voyage, ce goût qui m'empêchait de rester plusieurs années de suite au même endroit ? Pourquoi n'ai-je pas fondé de famille ? N'était-ce pas déjà inconsciemment pour oublier ?

Mon père mourut d'un cancer alors que j'avais vingt-trois ans. Disparition brutale qui laissa ma mère désemparée. Disparition qui, tel un cyclone, emporta une grande partie de mon enfance. Une partie de l'enfance de Galla aussi, sans aucun doute, mais à cette époque-là, je refusais toujours de lui prêter attention.

Quelques années plus tard, quatre ans plus tard exactement, je reçus une lettre de ma mère. Je venais de m'installer à Marrakech et la lettre envoyée à Istanbul, mon adresse précédente, mit du temps à me parvenir. Presque trois semaines.

Elle m'écrivait ceci :

« Je me sens vieillie et fatiguée. Je voudrais te revoir. Galla également demande à te revoir. Tu as vingt-sept ans. Je voudrais te demander, s'il m'arrivait quelque chose, de t'occuper d'elle. Je voudrais t'en parler, te confier aussi…

Je t'attends. »

« Te confier aussi… » Trois petits points de suspension que je n'ai pas relevés. Ma mère avait besoin de me parler comme moi, Lola, maintenant que je sens mon heure proche, j'ai besoin de me confier à toi.

J'ai sauté dans le premier avion.

«Votre mère vient de décéder, m'a-t-on annoncé à mon arrivée dans notre maison. Un arrêt du cœur.»

Le monde s'écroulait autour de moi. Je m'effondrai dans un fauteuil. Ma mère. Ses caresses. Sa douceur. Son regard attristé aussi parfois. Ma mère que j'ai tant aimée et, sans le savoir, tant peinée. Ma mère et son secret resté enfoui au plus profond d'elle jusqu'à sa mort. Ce secret qui m'appartient maintenant.

Il a bien fallu que je rentre dans la chambre. Je ne l'avais pas revue depuis la disparition de Sacha. Devant son lit de mort, j'éclatai en sanglots. À travers mes larmes, soudain, j'aperçus Galla, agenouillée, les traits tirés. Je fus surpris. Sans être vraiment différente de la fillette, de la jeune fille que j'avais connue, de la jeune femme même que j'avais revue quatre ans auparavant, elle avait tellement changée. Elle était belle. Sa ressemblance avec ma mère – mêmes cheveux courts, même regard – me choqua. Comment Galla pouvait-elle autant ressembler à ma mère, ma mère à moi ? En fait sa mère était la sœur de la mienne. Galla, simplement, ressemblait à sa tante. Près de son œil gauche, estompée mais bien réelle, je remarquai la cica-

trice d'octobre 1960. Une foule de souvenirs explosa dans mon esprit.

Galla vint vers moi, me prit le bras, et murmura :

— Je l'aimais tant, tu sais, moi aussi.

« Toute ma vie, Galla, je te traiterai en étrangère. » Aussi incroyable que cela puisse paraître, le serment résonnait dans ma tête, la joue me cuisait encore de la gifle. J'ai tourné la tête.

— Tu ne changeras donc jamais, a-t-elle dit, découragée.

Les obsèques eurent lieu. Elle et moi, côte à côte, pour les condoléances. Sans un mot.

« Je voudrais te demander, s'il m'arrivait quelque chose, de t'occuper d'elle. »

Tels avaient été les derniers mots écrits par ma mère.

Galla avait vingt-cinq ans. Elle n'avait pas besoin de moi financièrement – elle venait de finir ses études de journalisme, gagnait sa vie, avait même pris un studio. Elle avait besoin de mon affection. J'ai hésité. Le lendemain, j'ai voulu lui prendre le bras, comme elle l'avait fait la veille. Le manque d'habitude, ma rancune… finalement, je n'ai rien fait. Rien dit.

Le propriétaire de la maison – mes parents ne possédaient rien, la maison était une loca-

tion – demandait qu'on débarrasse le jardin du manège resté à la même place depuis des années.

Sous la bâche recouverte de feuilles et de poussière, avec une émotion difficile à maîtriser, je le retrouvai et le mis en marche. Il démarra presque aussitôt, se mit à tourner comme aux plus beaux jours de ma vie. Sans consulter Galla, sans la tenir au courant, j'ai acheté un camion pour l'emporter. Cadeau de nos anniversaires de 1960. Cadeau merveilleux qui parfumait le jardin d'insouciance.

Dès le lendemain, je suis reparti.

Avec lui, j'ai parcouru le monde. Puis, un jour, je me suis installé dans un petit village d'Amérique du Sud, en Argentine : le village de Tilcara. Je m'y suis plu. J'y suis resté. Les gens du pays m'ont accepté. Je suis devenu : « El Hombre del picadero » : « L'Homme au manège ». Au rythme des rires des enfants et de la musique, les années se sont égrenées sans que je les voie passer. Simples. Douces.

J'ai vécu une grande partie de mon existence auprès du manège sans soupçonner qu'il était le gardien d'un bien triste trésor.

À la fin de cette troisième lettre, en bas de la page, quelques lignes avaient été rajoutées :

Je ne saurai te redire, Lola, combien cela

m'aide de te raconter mon histoire. J'ai l'impression d'écrire à Galla, quand elle avait ton âge.

***

Lola relut deux fois la lettre.

Pourquoi n'ai-je pas fondé de famille ?

M. Charillat, marié, père de famille, n'était donc pas l'Inconnu. Toute son enquête, la veille – et quelle enquête ! –, pour rien.

Arrivée au collège, elle raconta tout à Medhi : son idée de poussette, la rue de Tahiti, Jérôme perdu…

— Si ce n'est pas M. Charillat, c'est QUI ? s'énerva Medhi. En tout cas, on laisse pas tomber.

***

Je t'ai choisie pour une autre raison. Tu comprendras plus tard.

Lola pensait à cette phrase aussi.

Le week-end puis le début de la semaine s'écoulèrent, monotones.

— Tu fais la tête ? demanda Michel, le mercredi matin.

Elle préféra ne pas répondre. Jérôme dans

les pattes l'après-midi, elle n'allait pas sauter de joie.

— Mercredi prochain, dit Alice, j'embarque Jérôme avec moi dans les magasins. L'air de rien, je lui ferai passer commande pour le Père Noël.

Lola lui fit un large sourire puis tout à coup, sans savoir pourquoi, elle repensa à l'Inconnu.

Pourquoi ne lui avait-il pas écrit depuis bientôt cinq jours ? Plusieurs fois dans la journée, elle se précipita vers la boîte aux lettres.

— Tu as l'air songeur, ça ne va pas, Lola ? demanda sa mère.

— Si, si.

Elle était inquiète de ne pas avoir de nouvelles. On était le 13 décembre.

***

À midi, avec Medhi, elle passa à la maternelle. « Je VEUX que tu me donnes à manger… » Même programme. Même comédie. Après la sieste : « Je VEUX aller me promener… »

Insupportable, le Morveux.

— Heureusement, mercredi prochain, ma mère le prend avec elle dans les magasins.

Medhi ne l'écoutait pas.

— On a cherché parmi tous les hommes de cinquante ans qu'on connaissait… Faudrait le surprendre devant la boîte aux lettres.

— Attendez-moi ! cria Jérôme. Sinon, je le dirai à Papa.

Lola se retourna vivement, puis choisit de ne pas répondre. Jérôme, le nez rouge à cause du froid, empêtré dans son blouson et son écharpe, était presque comique.

On approchait de la fin de l'année. Il était URGENT d'agir.

— Je VEUX faire un tour de manège !

La phrase de Jérôme explosa dans sa tête. Une bombe. Ils se regardèrent en même temps avec Medhi. Devant eux : le manège de la place Dugommier. Le manège devant lequel Jérôme, tous les jours, faisait son caprice.

— C'est celui de l'Inconnu, murmura Medhi.

Ils en firent le tour.

— Il est ancien et il y a un avion.

— Oui, mais bleu, pas rouge.

— Regarde, un carrosse et un bateau.

« Galla sautait du cheval au bateau, du bateau au carrosse… » Elle connaissait les lettres par cœur.

— Je veux faire un tour, Lola !

— Un ticket pour Jérôme ? demanda le forain.

Lola releva brusquement la tête.

— Heu… oui, s'il vous plaît.

Elle voulut ajouter autre chose mais aucun son ne put sortir de sa bouche. Une émotion intense la clouait sur place. Elle n'avait pas rêvé : l'homme avait bien dit : « Un ticket pour JÉRÔME ». Il connaissait le prénom de l'enfant. Il la connaissait donc. Tout chavirait autour d'elle. Il lui semblait voir le forain pour la première fois. Elle ne pouvait en détacher son regard : c'était un homme de cinquante ans environ, pas très grand, un peu trapu, les cheveux grisonnants, souriant.

— Jérôme a fini son tour, Lola, tu viens ? dit Medhi.

***

— C'est lui. Il a cinquante ans. Il a le manège. Tout colle. La preuve : il connaît le prénom de Jérôme.

— Ça ne veut rien dire. Chaque fois que nous passons devant le manège, tu t'énerves après lui en criant son prénom.

— Il n'empêche. C'est l'Inconnu. J'en suis sûre.

Elle réfléchit, puis :

— Demain, je mettrai ma casquette verte et...

— Et quoi?

— J'irai lui parler.

Ils pénétrèrent dans le hall de l'immeuble. Un homme, devant les boîtes aux lettres, se retourna brusquement, surpris. M. Malki, l'épicier.

La porte se referma.

— Qu'est-ce qu'il a à rôder devant les boîtes aux lettres, celui-là? Il n'habite pas l'immeuble.

— Lola, il y a quelques minutes à peine, tu jurais que le forain de la place Dugommier était l'Inconnu et au premier homme de cinquante ans que nous croisons...

— Devant les boîtes aux lettres! Attends.

Elle ouvrit la boîte. Avec des prospectus : une nouvelle enveloppe bleue!

— Je pencherais pour le forain, dit Medhi dans l'ascenseur, mais M. Malki dans ton immeuble, faut reconnaître, c'est louche.

— Demain, répéta Lola, je mets ma casquette verte et j'interroge le propriétaire du manège.

— Et moi, dit Medhi, je prépare une liste de questions pour M. Malki. Nous irons le voir aussi.

Pour une fois, Jérôme s'assit sans rien dire dans un coin avec son puzzle Babar. Lola et Medhi s'installèrent dans la chambre, par terre, devant la fenêtre.

La quatrième lettre était courte.

***

Lola,

Tu cherches désespérément à savoir qui je suis. Qui je suis ? Qui j'ai été ? Quelle importance ? Ce qui compte, c'est ce qu'on a fait. Ou ce qu'on n'a pas fait.

Le décès de ma mère m'avait profondément remué, peiné. Avoir revu Galla m'avait perturbé aussi, plus que je ne voulais me l'avouer. La revoir avait remué trop de souvenirs au fond de moi.

Quelque temps plus tard, elle m'a écrit. Une lettre certainement capitale pour elle. Cette lettre, je la connais par cœur.

« Cher grand frère,

Tu as toujours refusé que je t'appelle ainsi, je sais. Mais nous sommes des adultes maintenant et tu es ma seule famille… enfin jusqu'à présent. Tu ne m'as pas laissé la possibilité de te parler la dernière fois. J'ai rencontré quelqu'un avec qui j'ai décidé de vivre. Je suis appe-

lée, comme toi, à changer régulièrement de pays. Je vais partir. Réponds vite.

Une nouvelle vie. Même éloignés par des milliers de kilomètres, nous pourrions nous tendre la main ?»

Je n'ai pas jugé bon de répondre. Pas tout de suite. Les mois ont passé. Un an. Je pensais parfois à Galla. À son geste devant le lit de ma mère pour se rapprocher de moi, à sa lettre.

Un jour, c'était un jour de pluie, je me suis décidé à lui répondre. Oh, je ne lui ai pas écrit une lettre très affectueuse, j'en étais bien incapable, mais une lettre polie, la souhaitant heureuse. Un mois plus tard, la lettre m'est revenue avec la mention : «N'HABITE PLUS À L'ADRESSE INDIQUÉE.»

Et plus jamais je n'ai eu de ses nouvelles.

Plus jamais je n'en aurai.

Je vais mourir sans savoir ce que Galla est devenue.

***

M. Malki ou le propriétaire du manège? L'Inconnu était forcément l'un des deux.

***

— J'ai les questions.

Lola et Medhi poussèrent la porte de l'épicerie.

— Bonjour Monsieur. Nous avons un exposé à faire sur les commerçants pour le collège, commença Medhi.

— Mais je vous connais.

— Nous habitons la rue. Nous pouvons vous poser quelques questions?

— Allez-y, il n'y a pas de client pour le moment.

Medhi sortit la feuille de sa poche.

— Première question : depuis combien de temps êtes-vous commerçant dans le quartier?

M. Malki éclata de rire.

— On vous donne de drôles de devoirs.

Il les fixa.

— De toute façon, je n'ai rien à cacher.

Lola dressa l'oreille : affirmer qu'on a rien à cacher est toujours louche.

— Je suis commerçant dans le quartier depuis…

M. Malki réfléchit.

— Bientôt trente ans.

— Deuxième question : avez-vous beaucoup voyagé?

— Non.

— En Amérique du Sud?

Il rit à nouveau.

— Quelle drôle d'idée! Pourquoi pas au pôle Nord! Je n'ai jamais voyagé, sauf en France. Quel intérêt y a-t-il à voyager?

Lola fit signe à Medhi d'arrêter. M. Malki, l'Inconnu? Peu probable. Satisfait de sa vie comme il l'était, il ne pouvait avoir écrit les lettres bleues, pleines de souffrance, de doutes et de regrets.

***

— Tu as raison, Lola. Mais alors que faisait-il dans ton immeuble?

— Une livraison peut-être? Ou il cherchait une adresse? En tout cas, ce n'est pas lui.

— Alors, à toi de jouer maintenant, Lola. Je t'attends. Dans une demi-heure, en bas de ton immeuble, O.K.?

Lola eut soudain moins de courage. Comment aborder l'Homme au manège? Et si ce n'était pas lui?

— C'est forcément lui.

Elle remonta la rue, le cœur battant. Le manège démarrait. L'homme, à travers chevaux, carrosses et bateaux, récupérait les tickets. Elle attendit qu'il descendît.

— Tiens, ton petit frère n'est pas avec toi, aujourd'hui ? dit-il.

— Ce n'est pas mon petit frère.

— Enfin, je veux dire Jérôme.

Il la connaissait trop bien pour ne pas être l'auteur des lettres. De son manège, il pouvait observer ses faits et gestes, remarquer ses deux casquettes, se faufiler dans le hall de son immeuble dès qu'elle partait au collège.

— J'ai l'impression, dit-il, que tu as quelque chose à me demander et que tu n'oses pas ?

Il plongea son regard dans le sien et elle sut aussitôt que ce regard ne pouvait être celui d'un homme qui va mourir. C'était un regard heureux, empli d'étoiles. Évidemment, à vivre au milieu des enfants.... Le découragement la gagna. Toutes ses hypothèses s'effondraient comme un château de cartes. Ça ne collait plus du tout.

— Ça va, petite ?

Elle devait quand même poser les questions qui la tracassaient.

— Depuis combien de temps avez-vous votre manège ?

Il ne répondit pas tout de suite.

— Il est beau n'est-ce pas ? Il date des années cinquante. Je l'ai acheté il y a trois ans et je change de ville tous les six mois environ. Pendant très longtemps, j'ai travaillé en usine, puis ma femme est morte et…

Sûr : l'homme devant elle n'était pas l'Inconnu, l'auteur des lettres bleues. Mais c'était peut-être le manège.

— Vous l'avez acheté à un monsieur en Amérique du Sud, n'est-ce pas ? demanda-t-elle avec espoir.

— Quelle imagination ! Pas du tout, je l'ai acheté dans une vente aux enchères.

— Alors, vous ne connaissez pas son ancien propriétaire ?

— Eh non !

Les enfants descendaient.

— Merci, balbutia-t-elle.

Elle dépassa le kiosque. Le marchand de journaux ne la dévisageait-il pas avec insistance ? Quel âge avait-il ?

Elle perdait la tête.

Medhi l'attendait. Elle lui raconta tout.

— Et si on regardait dans la boîte ?

Tout à coup, sans savoir pourquoi, elle eut la certitude…

Dans la boîte en effet : la cinquième lettre !

***

Tu brûles, petite Lola. Non, je ne suis pas l'épicier, ni le propriétaire du manège.

« N'HABITE PLUS À L'ADRESSE INDIQUÉE. » Sur le coup, cela ne m'a fait ni chaud ni froid. Ma vie aurait pu continuer ainsi à s'écouler sereinement dans ce village de Tilcara. Tranquille avec mon manège, mon égoïsme, sans savoir. Le destin en a voulu autrement. Est-ce un bien ? Je ne sais pas. Je sais seulement qu'un matin de mai 1992, ma vie a basculé.

Le village de Tilcara.

Il fait chaud. Le manège tourne à l'ombre des cactus géants. Les enfants des riches viennent de loin pour l'admirer, monter dessus. Je te l'ai dit, Lola, je suis connu : « El Hombre del picadero. » Les heures, les journées s'écoulent au soleil avec cette douceur de vivre qui n'appartient qu'aux pays chauds. Soudain, en une minute, le cours de ma vie a changé.

Un enfant, le fils d'un gros propriétaire terrien, saute un peu trop fort sur l'un des véhicules du manège, l'avion rouge. Celui que Galla affectionnait tant. Le bois craque et la coque s'éventre.

Le soir même, je décide de le réparer.

Quel ne fut pas mon étonnement en découvrant à l'intérieur une multitude de lettres. Malgré le temps, l'encre avait à peine pâli. Écriture enfantine que je reconnus de suite : celle de Galla. Depuis ce jour, ma vie durant, j'ai gardé ce paquet de lettres précieusement contre mon cœur. Je n'ai jamais pu, jamais voulu, m'en séparer. Ces lettres, pourtant, me pèsent, me brûlent, m'étouffent.

Aujourd'hui, Lola, je te les confie.

Demain, à la nuit tombée, rends-toi place Dugommier. Tu ne t'es pas trompée : le manège est le mien. Celui de mon père. Celui que je ne peux me résoudre à quitter. Après la vente aux enchères, j'ai suivi son nouveau propriétaire.

Sous le siège de l'avion, qui était rouge mais qui a été repeint en bleu, tu trouveras ce paquet de lettres.

***

Les cours au collège, le lendemain, dernier jour avant les vacances de Noël, parurent à Lola interminables.

Même la petite fête organisée avec les profs fut ennuyeuse.

Le soir, Jérôme lui parut encore plus insupportable. Michel, de même. Sa mère, retenue à son travail, rentrerait plus tard. Une chance : plus facile pour sortir. À 21 heures, après le repas, Michel alluma la télé.

— Je vais dans ma chambre.

Sans bruit, sans qu'il la vît, elle se faufila dehors.

Medhi l'attendait en bas de son immeuble.

Nuit d'hiver. Noire. Déserte. Ils dépassèrent le Monoprix. Sur les marches du magasin, les cartons utilisés par les S.D.F. pour se protéger du froid traînaient. Bruit de pas qui s'éloignent. Sous sa bâche, le manège semblait dormir. Medhi alluma la lampe de poche, se glissa, tâtonna sous le siège de l'avion. Sous ses doigts, il sentit un paquet.

— Vite, rentrons chez toi ! souffla-t-il.

Ils coururent.

Alice n'était pas rentrée et Michel regardait toujours la télé.

Papier jauni. Écriture enfantine.

***

Ma petite maman,

qui habites le ciel, parmi les nuages, les

étoiles... ma petite maman qui es toi-même une étoile.

Sans toi, je me sens si seule. L'avion du manège, heureusement, est mon ami : il t'apporte mes lettres.

Tu me manques tellement, ma petite maman étoile, ma maman perdue dans le ciel. Je pense à toi tous les jours, toutes les nuits. Quand quitteras-tu tes nuages pour venir m'embrasser ?

Ma petite maman chérie,

j'aime énormément Florence mais tu me manques tant, toi, ma vraie maman.

Cette nuit, j'ai fait un rêve merveilleux :

Je suis montée dans mon ami l'avion et il a décollé. Il a foncé dans le ciel puis s'est transformé en étoile pour me conduire jusqu'à toi. Je voudrais tant te rejoindre.

***

Il y avait des dizaines de lettres, avec des dessins aussi.

Lola dormit mal.

Parviendrai-je à écrire la sixième lettre ? J'ai si mal quand j'y pense.

L'Inconnu allait tarder à écrire cette dernière lettre, elle le sentait. S'il l'écrivait...

Dans la cuisine, Jérôme et Michel faisaient les fous. Michel, en congé pour Noël, allait enfin s'occuper du petit lord. C'était toujours ça de gagné. Elle, elle n'avait pas le cœur aux vacances, à la fête.

— Je peux aller chez Medhi ?

Michel acquiesça. Encore heureux !

Elle prit l'ascenseur. Par habitude, ouvrit la boîte.

À sa grande surprise, la sixième lettre était là !

Elle courut chez Medhi.

— Bonjour Lola, ça va ? Contente d'être en vacances ?

— Bonjour, Madame.

Répondre poliment à la mère de Medhi, lui rendre son sourire, attendre qu'elle ait fini son bavardage…

— Il te tarde peut-être de voir Medhi, dit enfin celle-ci.

Plutôt oui !

— Il vient juste de se lever. Tiens, le voilà.

Elle montra la lettre discrètement à son ami.

— Viens, dit-il aussitôt.

Ils s'installèrent dans sa chambre, sous la mezzanine.

***

Petite Lola, tu te demandes ce que j'ai à te confier encore. Je t'ai promis six lettres, voici la sixième, la dernière.

En acceptant d'être ma confidente, tu m'auras beaucoup aidé à partir le cœur plus léger. J'espère aussi t'avoir apporté quelque chose.

Comment, enfant, ai-je pu être autant prisonnier de mon égoïsme ? Adulte, rester aussi aveugle ? J'étais certainement très malheureux.

À chaque instant, à présent, dans ma tête, dans mon cœur, je parle à Galla, je me rachète. Je lui chuchote des mots d'amour, des mots doux, tous les mots que j'aurais dû avoir pour elle étant enfant. Je couvre son visage de mes baisers, de mes larmes, de mes regrets.

Je vais mourir, Lola, sans savoir si elle est en vie, ce qu'elle est devenue. J'ai fait des démarches pour la retrouver. J'ai écrit au notaire, aux voisins d'Annecy. En vain. Peut-être mariée, elle a pu changer de nom. Impossible de savoir. De son côté, je le sens, je le comprends, elle a capitulé, abandonné l'idée de me revoir. M'a-t-elle pardonné ?

L'écriture de l'Inconnu devenait soudain

presque illisible. La main avait écrit à la hâte les dernières lignes.

Petite Lola, sous le siège de l'avion, tu trouveras un nouveau paquet. Un cahier. Prends-en connaissance, puis, je te le demande, je t'en supplie, c'est ma dernière volonté, détruis ce cahier, fais-le disparaître.

Il s'agit d'un journal inachevé, à peine commencé, que j'ai trouvé en rangeant les affaires de ma mère longtemps après son décès.

Avec le manège, j'avais emporté des caisses emplies de bibelots, de papiers. Pendant des années, je ne m'en suis pas occupé. Puis un matin, l'idée m'a pris de fouiller dedans.

Vois-tu, Lola, en découvrant les lettres de Galla dans l'avion éventré, ma vie a changé brutalement. J'ai compris tant de choses, d'un seul coup. Après coup.

À la seconde même où j'ai ouvert ce cahier, ma vie s'est comme immobilisée. Je n'ai plus jamais eu le cœur de regarder comme avant les enfants jouer sur le manège. En lisant le journal, tu comprendras.

Peu de temps après, j'ai appris que j'étais gravement malade. Je me suis laissé aller.

Vois-tu, si j'avais eu des années devant moi, je suis sûr, petite Lola, que j'aurais pu corriger le cours des choses, rattraper le temps perdu, effacer la douleur de Galla, peut-être même faire naître dans son regard le bonheur que Florence y guettait.

Mais le temps me manque pour retrouver Galla.

Et je me moque de mourir de maladie, de faim ou de froid. Pourtant, j'aurais tant voulu qu'elle sache que j'ai changé.

***

Lola tourna et retourna la feuille bleue. Les derniers mots étaient presque illisibles.

— Un indice, un détail doit nous permettre de trouver qui il est !

Ils relurent la lettre, minutieusement, ligne par ligne. Trois fois de suite. « En acceptant d'être ma confidente, tu m'as beaucoup aidé… » ; « Le temps me manque… » ; « Et je me moque de mourir de maladie, de faim ou de froid. »

Medhi et Lola se regardèrent en même temps. Dans une autre lettre, l'Inconnu n'avait-il pas écrit qu'il ne pouvait se résoudre à ne plus voir son manège ?

— C'est… commença Medhi.

Oui, l'Inconnu n'était ni un commerçant du

quartier, ni un professeur, ni un voisin, ni le propriétaire du manège de la place Dugommier. L'Inconnu la voyait tous les jours partir au collège, aller et venir, parce qu'il vivait à côté de chez elle. Il vivait juste en face du manège, de SON manège qu'il refusait de quitter. L'Inconnu était un des S.D.F. qui faisaient la manche en face du Monoprix.

Sans rien se dire, Lola et Medhi se comprirent. Ils coururent jusqu'au magasin.

Depuis quelques mois, aux deux S.D.F. qu'ils avaient l'habitude de voir depuis des années, s'était ajouté un troisième. Un barbu qui restait à l'écart, effacé, discret.

La vérité leur éclatait aux yeux, à présent. Il était arrivé en même temps que le manège. Comment n'y avaient-ils pas songé plus tôt ?

Ils s'arrêtèrent, essouflés, devant le Monoprix. Des clients sortaient du magasin, chargés d'achats pour les fêtes de fin d'année.

Les deux S.D.F. assis sur les marches du magasin, bouteilles vides à côté d'eux, étaient à moitié saouls. Sur l'escalier en face, où se tenait le troisième, il n'y avait qu'un carton.

— Votre copain n'est pas là ? demanda Medhi en désignant la place vide.

Le plus vieux des deux – quarante ans à peine – leva la tête, étonné qu'on l'apostrophe.

— Non.

Il voulut se lever, buta sur une des bouteilles qui dégringola les marches.

— Mais, ajouta-t-il, ce n'était pas vraiment notre copain.

Sa langue fourchait. Il avait du mal à s'exprimer.

— Était peu causant... Mais on boit à lui. On lui rend hommage.

— Où est-il ? cria presque Lola.

Le second S.D.F. eut un geste résigné.

— Au petit matin, mon collègue et moi l'avons trouvé mourant. On a alerté un passant qui a appelé les secours.

Ce n'était pas possible !

— On a beau savoir, nous tous qui vivons dans la rue, qu'on finira certainement comme ça, ça fait un choc.

— D'autant plus, hoqueta l'autre, qu'hier, il nous a dit tout net : « Demain, je serai mort. » Puis, il a regardé longuement le manège, là, et il n'a plus desserré les dents. »

Une nouvelle bouteille vide dégringola les marches. Tintamarre du verre.

Un nœud énorme étreignait la gorge de Lola.

Et l'envie de pleurer aussi. Non, pas comme ça, pas dans la rue !

Une question s'imposait à elle, mais les mots ne parvinrent pas à sortir de sa bouche. Medhi la posa à sa place.

— Comment s'appelait-il ?

Les deux hommes levèrent les bras, les laissèrent retomber.

— Ben ça, nous l'a jamais dit !

Dans l'avion, comme l'Inconnu l'avait écrit, Lola et Medhi trouvèrent le cahier.

***

Galla me fait tant de peine. Elle ne dit rien mais je sais combien sa mère lui manque. Combien elle souffre en silence de sa disparition. Combien aussi elle est malheureuse de l'attitude de… j'ai du mal à écrire ces mots : de l'attitude de mon fils. Oui, mon propre fils qui sans cesse l'humilie. Pourquoi cette violence en lui, presque sournoise, permanente, vis-à-vis d'elle alors qu'il faudrait tout le contraire ? Sacha et moi redoutons les jours de fête avec lui, les moments où nous pourrions tous les quatre être si heureux. Par un seul mot, il peut lui faire, il lui fait, volontairement, tant de mal. En grandissant, j'espérais que cette jalousie qui l'habite et le fait souffrir s'estomperait. Mais il a treize ans maintenant. Pourquoi s'entête-t-il à ne pas entendre les mots d'amour que nous lui disons, Sacha et moi ? Mon fils que j'aime tant et qui ne le voit pas. J'aurais tellement eu besoin qu'il m'aide à alléger mon poids, qu'il aide Galla à supporter l'absence de sa mère, Véra, ma chère sœur qui me manque à moi aussi si cruellement.

Je ne sais que faire. Bien sûr, je pourrais lui parler. Lui dire que je me sens responsable de Galla. Que j'ai envie, que je me dois de lui donner toute mon affection, sans rien ôter pour autant à toute celle que je lui porte à lui et qui reste immense.

Oui, je devrais lui parler. Lui confier ce secret que j'ai au fond de moi depuis des années. Ça me soulagerait et il comprendrait certainement. Je ne peux pas. Même à Sacha, je n'ai pas pu.

Quand j'y pense, la terrible angoisse me reprend, m'envahit. Je revois le visage de Véra, ma sœur, à l'hôpital, sur son lit de mort. Cette image me rend folle, me renvoie des années en arrière, quand Galla avait trois ans.

— « Laisse-moi conduire aujourd'hui, Véra. »

Elle hésite. J'insiste.

Je revois sa main me tendre les clés.

Je revois la mienne les attraper.

Bruit de moteur qui démarre. Discussion. Nous aimons tant discuter ensemble.

Et puis, soudain, en face, ce camion qui roulait beaucoup trop vite.

Quand je le vois si odieux avec Galla, je voudrais, mais les mots ne sortent pas. Je voudrais doucement lui expliquer qu'il pourrait être à la place de cette petite fille, de sa cousine, devenue sa sœur. Que seul un détail dans la vie – des clés qui changent de main – en a décidé autrement.

Le journal s'arrêtait là.

***

Deux mois se sont écoulés depuis les lettres bleues. Depuis la mort de l'Inconnu.

J'ai pris l'habitude peu à peu de mettre sur le papier ce que je ressens. Écrire : le meilleur moyen pour dire ce qu'on a au plus profond de soi.

Je pense toujours à l'Inconnu. En se confiant à moi, il est devenu mon ami. J'ai rangé ses lettres et celles de Galla, ainsi que le cahier, précieusement, sous mon lit, dans ma malette à jouets de quand j'étais petite. Ses lettres, je les connais par cœur tant je les ai lues. Des passages entiers, parfois, me reviennent à l'esprit.

« Je t'ai choisie pour une autre raison. Tu comprendras plus tard... J'espère t'avoir apporté quelque chose. »

Je réfléchis beaucoup à ces phrases sans comprendre vraiment.

Hier, j'ai eu un choc. Place Dugommier, le manège n'était plus là. J'avais pris l'habitude, le soir, de me planter devant pour le regarder tourner.

Ma pensée, souvent, s'envole aussi vers cette fillette qui confiait ses peines à un avion de manège, vers cette femme qui vit toujours peut-être ? Où ? Le saurons-nous jamais ?

— À quoi penses-tu ? me demande Medhi.

Accoudés tous deux au pont de Bercy, nous regardons couler la Seine. Le ciel, au-dessus de nous, est rosé. Nous sommes bien ensemble. Comme toujours.

À quoi je pense ? Sans aucun doute à... Non, à cet instant précis, je ne pense ni à l'Inconnu, ni à Galla, ni à Florence, je pense...

— À Jérôme, dis-je en soupirant. C'est son anniversaire, samedi. Il m'a passé commande.

Je prends un ton capricieux, imite :

— Pour mon anniversaire, Lola, je VEUX que tu m'offres un garage!

— Tu le lui as acheté?

Je fixe Medhi.

— T'es malade. Je ne vais pas mettre toutes mes économies...

— Toutes tes économies, tu exagères et tu peux faire un effort, quand même. Que tu le veuilles ou non, Jérôme est un peu ton frère maintenant.

Jérôme, mon frère, et puis quoi! J'ouvre la bouche pour répliquer, me ravise : Medhi me sourit. Un sourire qui veut me dire quelque chose, me semble-t-il, mais quoi?

Je dois le reconnaître, depuis que Michel a trouvé une baby-sitter, le petit lord me tape moins sur les nerfs.

— On jette le cahier à l'eau? lui dis-je.

Je te le demande, je t'en supplie, c'est ma dernière volonté, détruis ce cahier, fais-le disparaître.

Je sors le paquet de mon sac à dos.

En chutant dans l'eau, il fait un petit plouf.

Que tu le veuilles ou non, Jérôme est un peu ton frère maintenant.

La phrase de Medhi trotte dans ma tête.

Et celle de l'Inconnu aussi : *Je t'ai choisie... Tu comprendras plus tard.*

Combien de fois suis-je passée devant le Monoprix, devant les S.D.F. en criant après Jérôme... Peut-être l'Inconnu se revoyait-il, étant enfant, avec Galla?

En me choisissant comme confidente, n'a-t-il pas voulu me faire comprendre la place importante que peut avoir dans ma vie cette teigne de Jérôme?

Et si demain, quand il boit son chocolat, pour une fois, je le couvrais de bisous, le Délice des loups, le petit lord, le Morveux?

MON petit morveux.

***

Le temps a passé. J'ai vingt ans. Medhi est toujours mon ami. Et même plus. Jérôme, un peu grâce à un inconnu aux lettres bleues, est devenu mon frère. Mon frère de cœur.

Ces lettres, c'est à elle aussi que je les adresse. J'aurais tant voulu qu'elle sache que j'ai changé.

Avec Medhi, nous nous étions promis qu'un jour, quand nous serions plus âgés...

Nous avons eu du mal, mais aujourd'hui, nous avons enfin réussi. Nous avons trouvé.

Galla AHMADA
33 kilomètres route de Didier
BOULOUPARI
NOUVELLE-CALÉDONIE

Je suis allée rechercher le paquet de lettres dans la mallette de quand j'étais enfant.

Nous venons de lui poster les lettres : les siennes, celles que petite, elle avait déposées dans l'avion du manège, et celles, écrites sur papier bleu, par Hervé Valier, son cousin, son frère.

***

BOULOUPARI. NOUVELLE-CALÉDONIE

Elle lut lentement. Sous le choc de l'émotion trop vive, sa main trembla en reposant la dernière feuille bleue.

— Ça va, Mamie? s'inquiéta le petit garçon, à côté d'elle.

— Oui, oui, ça va, parvint-elle à murmurer.

— Tu as des nouvelles de quelqu'un, Mamie?

— Oui, mon chéri, des nouvelles de quelqu'un dont j'attendais un signe depuis longtemps, quelqu'un qui me restera toujours très cher.

Elle attira contre elle le petit garçon, le serra fort, puis éclata en sanglots.

Claire Mazard

L'auteur habite « un petit coin de campagne »... en plein cœur de Paris, pas loin de chez Lola et Medhi. Quand elle écrit (elle a publié plusieurs récits pour la jeunesse), de son bureau, elle entend, selon le temps, rossignols, merles, corneilles, mouettes, moineaux... et aussi des oiseaux dont le chant lui rappelle les Antilles où elle a vécu ; l'été, des grillons, qui lui fredonnent son enfance dans le Midi. Bref, un endroit qu'elle adore, un petit paradis qui lui permet de voyager par l'esprit.

Quand elle ne travaille pas à ses récits (même si elle le fait sur son temps de loisirs et par plaisir, « écrire est un travail », aime-t-elle à répéter lors des animations dans les classes), elle boucle son sac à dos pour voyager... réellement. Parfois, l'envie lui prend d'aller vivre un temps très loin (île Maurice, Nouvelle-Calédonie, Wallis-et-Futuna...). Mais même si ce souhait se réalise un jour, elle le sait : elle reviendra toujours dans sa campagne parisienne pour s'adonner à sa passion : l'écriture.

Du même auteur, en Castor Poche :
Petit Printemps Vietnamien, n° 458,
Rue des vautours, n° 789
Zélandia, n° 951
Et en Castor Cadet
L'été de mes dix ans
L'espion du mercredi

CASTOR PLUS

POURQUOI CASTOR PLUS ?

Parce que les auteurs ont leur mot à dire sur ce qu'ils écrivent.

Parce que nous, éditeurs de littérature jeunesse, sommes soucieux d'enrichir nos ouvrages.

Parce que vous, lecteurs, êtes en droit d'attendre de nos livres toujours plus d'informations.

Avec Castor Plus, nous ne prétendons pas être exhaustifs sur un sujet, ni sur un genre, mais nous avons l'ambition de vous faire partager notre passion de la littérature sous toutes ses formes.

C'est pourquoi, avec Castor Plus, nous avons choisi de donner la parole à des écrivains, des spécialistes, pour qu'ils commentent un genre qu'ils apprécient, dont ils connaissent les spécificités et les chefs-d'œuvre, ceux d'hier, et ceux d'aujourd'hui.

Le roman pour la jeunesse

« Toute lecture digne de ce nom se doit d'être absorbante et voluptueuse. Nous devons dévorer le livre que nous lisons, être captivés par lui, arrachés à nous-mêmes, emportés dans un tourbillon d'images animées, comme brassées dans un kaléidoscope. » Ainsi parle Robert Louis Stevenson, l'auteur de *L'Île au trésor*, du plaisir d'une lecture romanesque. Avec lui, laissons-nous entraîner dans les délicieux chemins de la fiction : pur plaisir d'être ici et ailleurs, dans les grands bois du Wisconsin, sur les routes américaines avec les enfants Tillerman, survolant la Norvège avec Nils Holgersson ou pénétrant tout simplement dans l'univers d'un enfant de notre âge et de notre pays, si proche et pourtant autre.

Si le romancier « promène un miroir sur une grande route » selon la formule de Stendhal, il nous renvoie aussi un miroir de nos propres sentiments parfois si confus, de nos émotions contenues, il sait nous éclairer sur nos craintes et nos doutes, donner forme à l'informe de la vie. Il nous parle, comme naguère le faisaient les contes de manière plus symbolique, des difficiles relations familiales, de l'amour, de l'amitié, de la mort aussi et le roman se fait alors roman d'initiation.

Mais il peut aussi nous faire rire, nous communiquer cet humour si indispensable pour appréhender plus sereinement le monde et nos propres difficultés.

Promenons-nous « dans les bois du roman », comme le proposait Umberto Eco. Le champ des productions romanesques est aujourd'hui immense. Il n'en a pas toujours été ainsi.

Le premier « roman » écrit pour un enfant – royal, certes ! – fut *Les Aventures de Télémaque* de Fénelon, roman didactique publié en 1699, inspiré des voyages d'Ulysse, destiné à enseigner morale et mythologie mais déjà roman d'aventure et d'initiation. Le XVIIIe siècle vit fleurir à côté de toute une littérature pédagogique et morale, l'adaptation de grands romans philosophiques destinés aux adultes : *Les Voyages de Gulliver*, de Jonathan Swift ou le *Robinson Crusoé* de Daniel Defoe (objet de multiples adaptations, au cours des siècles suivants).

Mais c'est le XIXe qui vit vraiment naître une littérature romanesque destinée à la jeunesse. Dès 1830 Charles Desnoyers invente dans *Les Mésaventures de Jean-Paul Choppart*, le premier garnement révolté et fugueur. À partir de 1850, dans la Bibliothèque rose, paraissent les romans de la Comtesse de Ségur, évocation d'un monde clos de l'enfance, cependant que se déploie en Angleterre la fantaisie de l'imaginaire avec *Alice au pays des merveilles* de Lewis Carroll, et l'éternel enfant de James Barrie qu'est *Peter Pan*. La fin du siècle voit le succès du roman de l'errance et de l'orphelin avec *Sans famille* d'Hector Malot ainsi que les grandes aventures utopiques de Jules Vernes.

Si le XIXe siècle peut être considéré comme l'âge d'or de la littérature enfantine, dont on publie régulièrement les classiques, certains ouvrages, certains auteurs jalonnent la création romanesque française du XXe siècle destinée aux enfants, et trouvent toujours leurs lecteurs. C'est bien sûr la fable morale du *Petit Prince* de Saint-Exupéry, publié à New York en 1943, l'humour et la satire des *Contes* de Marcel Aymé ou de Gripari, les gags irrésistibles, et le langage enfantin du *Petit Nicolas* de Sempé et Goscinny en 1960. C'est aussi le roman de la vie quotidienne qu'est *La Maison des petits bonheurs* de Colette Vivier (en 1939) ou encore les premières incursions dans un véritable roman policier (loin des séries stéréotypées) avec *Le Cheval sans tête* de Paul Berna (en 1955).

En 1970, la Bibliothèque internationale ouvre le champ des littératures étrangères, offrant ainsi aux lecteurs une initiation à la diversité des cultures et des imaginaires. Depuis sa création en 1980, Castor Poche-Flammarion a largement contribué à cette découverte d'auteurs et de cultures du monde entier en publiant, outre de grands succès de la littérature anglaise et américaine (le merveilleux *Jardin secret* de Frances Hodgson Burnett, *Jonathan Livingston le goéland* de Richard Bach, les romans de James Houston, Betsy Byars, Marilyn Sachs ou Cynthia Voigt), des auteurs allemands comme Hans Baumann, polonais comme Wanda Chotomska *(L'arbre à voile)* ou espagnols comme Carmen Martin Gaite *(Le petit chaperon rouge à Manhattan)*...

Les frontières se sont estompées entre littérature générale et littérature de jeunesse ; des auteurs reconnus s'inscrivent dans les deux registres : Michel Tournier, Daniel Pennac, J.M.G Le Clézio, pour n'en citer que quelques-uns. Seule la poétique diffère, écrit Pennac, la thématique peut être la même.

Depuis les années quatre-vingt, la création romanesque aborde en effet des genres et des thèmes jusqu'alors «réservés». Si l'humour et l'aventure sont toujours de mise, le roman historique évoque les conflits et les drames de notre temps; romans policiers et romans noirs adoptent les recettes et les ressorts de la littérature adulte; les intrigues des romans psychologiques s'inscrivent sur fond de secrets de famille et bousculent à l'occasion les tabous.

Sans doute le monde contemporain, ses angoisses et ses culpabilités se sont-ils introduits dans la fiction romanesque adressée à la jeunesse mais la qualité spécifique de ces textes réside toujours dans un certain mode d'écriture, une voix qui sait raconter, émouvoir sans troubler ni désespérer, et nous initier à la merveilleuse aventure de la lecture. Écoutons encore Stevenson : «Les mots, si le livre nous parle, doivent continuer à résonner à nos oreilles comme le tumulte des vagues sur le récif, et l'histoire repasser sous nos yeux en milliers d'images colorés.»

Flaubert (qui n'écrivait pas du tout pour les enfants) prêtait une couleur à chacun de ses romans. N'y aurait-il pas une couleur propre aux romans écrits pour la jeunesse? À nous de la découvrir, de la savourer.

Claude Hubert-Ganiayre

Castor Poche

Des livres pour toutes les envies de lire,
envie de rire, de frissonner,
envie de partir loin
ou de se pelotonner dans un coin.

Des livres pour ceux qui dévorent.
Des livres pour ceux qui grignotent.
Des livres pour ceux qui croient ne pas aimer lire.
Des livres pour ouvrir l'appétit de lire et de grandir.

Castor Poche rassemble des textes du monde entier ; des récits qui parlent de vous mais aussi d'ailleurs, de pays lointains ou plus proches, de cultures différentes ; des romans, des récits, des témoignages, des documents écrits avec passion par des auteurs qui aiment la vie, qui défendent et respectent les différences. Des livres qui abordent les questions que vous vous posez.

Les auteurs, les illustrateurs, les traducteurs vous invitent à communiquer, à correspondre avec eux.

Castor Poche
Atelier du Père Castor
4, rue Casimir-Delavigne
75006 PARIS

Castor Poche, des livres pour toutes les envies de lire: pour ceux qui aiment les histoires d'hier et d'aujourd'hui, ici, mais aussi dans d'autres pays, voici une sélection de romans.

832 Les insurgés de Sparte **Senior**
par Christian de Montella
À Sparte, la loi impose de n'avoir que des enfants vigoureux. L'un des jumeaux de Parthénia est si frêle qu'elle le confie en secret à une esclave émancipée. Mais les deux frères vont se retrouver et s'affronter...

831 Les disparus de Rocheblanche **Junior**
par Florence Reynaud
Au IXème siècle, les habitants de l'Aquitaine vivent dans la terreur des vikings, qui saccagent les villages et enlèvent les enfants... Eglantine et son petit frère sont ainsi vendus comme esclaves.

830 Chandra **Senior**
par Mary Frances Hendry
À onze ans, Chandra est mariée, suivant la tradition indienne, à un jeune garçon qu'elle n'a jamais vu. Après leur rencontre, ce dernier meurt brutalement: Chandra est accusée de lui avoir porté malchance.

829 Un chant sous la terre **Junior**
par Florence Reynaud
Isabelle a douze ans et doit travailler à la mine pour aider sa famille. Mais elle a un don, sa voix fait frémir d'émotion quiconque l'entend chanter. Une terrible explosion bloque Isabelle dans la mine, son don pourra-t-il alors la sauver ?

828 Léo Papillon **@Senior**
par Lukas Hartmann
Léo, huit ans, souffre de sa maladresse. Il aimerait être léger et beau comme un papillon. Son rêve consiste alors à s'enfermer dans un cocon de fils multicolores, en attendant la métamorphose...

827 La chance de ma vie **Senior**

par Richard Jennings

Quand on a douze ans, recueillir un lapin blessé semble bien naturel, voir banal. Pourtant, Orwell est plus qu'un animal... c'est une chance!

825 Temmi au Royaume des Glaces **Junior**

par Stephen Elboz

Les soldats de la Reine du Froid ont enlevé Cush, un ourson volant qui vit dans la forêt près de chez Temmi. Temmi les suit au Château des Glaces, où toute chaleur est proscrite. Mais des insoumis organisent une rébellion.

824 Les maîtres du jeu **Senior**

par Roger Norman

Edward a douze ans. Il découvre chez son oncle un jeu de société qui renferme un mystérieux secret. Il se retrouve plongé dans un terrible engrenage, où le jeu et la réalité se rejoignent.

823 Akavak et deux récits esquimaux **Junior**

par James Houston

Akavak, Tikta'Liktak et Kungo l'archer blanc sont esquimaux. Dans l'univers rigoureux du grand Nord, ces héros doivent lutter pour survivre: découvrez leurs trois aventures au pays des icebergs...

821 Ali Baba, cheval détective **Junior**

par Gisela Kaütz

Pendant une représentation du cirque Tenner, quelqu'un a dépouillé les spectateurs de leurs portefeuilles. Sarah, la fille du directeur, découvre le butin caché dans le box de son cheval Ali Baba. L'enquête est ouverte...

820 L'étalon des mers **Senior**
par Alain Surget
Leif et son père Erick, bannis de leur village de vikings, embarquent sur un drakkar avec Sleipnir, leur magnifique étalon. Leur voyage les conduit d'abord au Groenland, où ils font la connaissance des Inuits.

819 Mon cheval, ma liberté **Junior**
par Métantropo
Aux Etats-Unis en 1861, la guerre de Sécession fait rage. Amidou, jeune esclave noir, s'occupe des chevaux d'une plantation. Lui seul peut approcher Stormy, le fougueux étalon, ce qui déclenche la jalousie du fils aîné.

818 Une jument dans la guerre **Senior**
par Daniel Vaxelaire
Pierre, fils de paysan dans la France napoléonienne, rêve de devenir un héros. Il part rejoindre les troupes de l'Empereur qui se battent en Italie. Le chemin n'est pas sans danger mais le destin met sur sa route une jument qu'il adopte et baptise... Fraternité.

817 Pianissimo, Violette! **Senior**
par Ella Balaert
Violette a dix ans et vient de déménager. Elle se fait bien à sa nouvelle vie. Le seul problème, c'est son professeur de piano : "Le Hibou" lui mène la vie dure et pourtant Violette s'applique !

816 Pas de panique! **Senior**
par David Hill
Rob adore les randonnées en haute montagne. Il est loin d'imaginer qu'il va falloir assurer pour six ! Car le guide de son groupe meurt brutalement... facile de dire "pas dc panique" dans ces conditions.

815 **Plongeon de haut vol** **Senior**

par Michael Cadnum

Bonnie pratique le plongeon de compétition. Un jour, elle se cogne la tête contre le plongeoir et depuis n'arrive plus à plonger. En plus, son père est accusé d'escroquerie...

814 **Et tag!** **Senior**

par Freddy Woets

Vincent a une passion : peindre, dessiner et surtout taguer. Mais le jour où Alma se moque de son dernier tag en le traitant de ringard, Vincent est profondément vexé...

810 **Une rivale pour Louisa** **Junior**

par Adèle Geras

Louisa déteste la nouvelle du cours de danse: elle est trop douée! Un chorégraphe vient recruter de jeunes danseurs: et s'il ne choisissait que Bernice? Heureusement, la chance et l'amitié triompheront de leur rivalité.

809 **Louisa près des étoiles** **Junior**

par Adèle Geras

Louisa rêve d'assister à une représentation de Coppélia, mais les billets sont chers, et de toute façon, il ne reste aucune place ! Heureusement, la chance lui sourit : Louisa va même pouvoir rencontrer les danseurs étoiles!

808 **Le secret de Louisa** **Junior**

par Adèle Geras

Tony, le nouveau voisin de Louisa, est doué pour la danse, mais il est persuadé que seules les mauviettes font des entrechats. Pour cultiver ce talent caché, la petite « graine de ballerine » a une idée en tête...

807 Les premiers chaussons de Louisa **Junior**
par Adèle Geras
Louisa en rêvait depuis des mois : à huit ans, elle enfile enfin ses premiers chaussons de danse! En attendant de faire une grande carrière, il faut travailler sans relâche pour le gala de fin d'année. Louisa deviendra-t-elle une vraie « graine de ballerine» ?

805 Ménès premier pharaon d'Egypte **Senior**
par Alain Surget
Héritier du trône, Ménès doit braver mille dangers pour prouver qu'il est digne du titre de premier pharaon d'Egypte. Saura-t-il affronter ses ennemis, et devenir le Maître des Deux Terres ?

804 Jalouses! **Senior**
par Christian de Montella
Comment Simon aurait-il pu deviner que sa copine de bac à sable était devenue une véritable top-model ? Comment aurait-il pu éviter la crise de jalousie de Véronique, sa petite amie ?

803 Baisse pas les bras papa! **Junior**
par Christine Féret-Fleury
Depuis que Papa est au chômage, les fous rires, c'est terminé ! Au menu : soupe à la grimace. Il n'y a plus qu'une solution : l'aider à retrouver du travail.

802 De S@cha à M@cha **Senior**
par Rachel Hausfater-Douieb et Yaël Hassan
Sacha envoie des emails, comme des bouteilles à la mer, à des adresses imaginaires. Jusqu'au jour où Macha lui répond. Une véritable @mitié va naître de leurs échanges.

801 Rendez-vous dans l'impasse **Senior**
par Kochka
« Une histoire d'amour dont vous êtes le héros » : c'est le sujet de la prochaine rédaction de Marie. Partie à la recherche de l'inspiration, Marie débouche dans une impasse, où elle aperçoit un garçon qui s'enfuit en la voyant...

800 La main du diable **Senior**
par John Morressy
Béran veut être jongleur itinérant. Mais sur les routes du Moyen-Age, le diable rôde aussi : un jour, il lui propose de devenir le plus grand jongleur du monde... en échange de son âme!

799 La révolte des Camisards **Junior**
par Bertrand Solet
1685: révocation de l'Edit de Nantes. Près d'Alès, Vincent, jeune drapier et rebelle protestant, est aimé de la belle Isabeau. Trahi par un ami jaloux, il s'engage aux côtés des « Camisards » pour défendre sa religion.

798 Louison et monsieur Molière **Senior**
par Marie-Christine Helgerson
Louison a dix ans quand Molière la choisit pour jouer dans sa dernière pièce. Et pas n'importe où ! À la Comédie Française, devant la cour du Roi Soleil...

797 Les gants disparus **Senior**
par Marie-Claude Huc
Millau, capitale du gant, fin 1918. Irène, quatorze ans, jeune ouvrière douée de la ganterie Palliès, est fière de son travail... Mais un vol vient semer le trouble dans la petite ville...

795 **Je veux MON chien!** **Junior**

par Colby Rodowsky

Ellie n'est pas contente, ce n'est pas un chien comme ça qu'elle voulait ! Depuis le temps qu'elle demandait à ses parents un petit chiot… elle se retrouve avec une espèce de vieux chien sans charme qui appartenait à sa grand-tante!

794 **L'arche des Noé** **Junior**

par Wendy Orr

M. et Mme Noé possèdent le plus grand et le plus merveilleux des magasins d'animaux. Ils l'ont appelé «l'arche des Noé». Leur bonheur serait complet… si seulement ils avaient des enfants! Or, le jour de ses sept ans, Sophie vient visiter leur magasin… Entre la petite fille et les Noé c'est le début d'une grande amitié.

793 **Le dernier loup** **Senior**

par Roland Smith

Tawupu, le grand-père de Jack, est retourné sur la terre de ses ancêtres, dans le désert de l'Arizona. Jack part l'y retrouver. Là-bas, l'inquiétude monte : un loup rôde dans la région. Jack saura-t-il protéger l'animal alors qu'on organise sa mise à mort?

792 **Quatre poules maboules** **Junior**

par Robert Landa

Pour ne pas servir de dîner au fermier, Hugoline, Bruneheau, Rosette et la petite Prunelle, les quatre poules de la basse-cour, décident de s'enfuir. Elles se retrouvent au beau milieu d'une fête foraine: un tour de grande roue, un petit verre à la buvette, et nos quatre poules tournent maboules!

781 La princesse qui détestait les princes charmants **Junior**
par Paul Thiès
Il était une fois une princesse qui s'appelait Clémentine, et qui ne voulait pas épouser de prince charmant. Elle détestait carrément les princes charmants ! Elle n'avait qu'un rêve, transformer tous les garçons en grenouilles, sauf son ami Cabriole…

780 L'araignée magique **Junior**
par Nette Hilton
Jenny adore aller passer des vacances chez Violette-Anne, son arrière-grand-mère. Cette année, Jenny y découvre une invitée surprise : Pam, l'araignée à sept pattes. Cette araignée n'est pas ordinaire, et sa présence rappelle bien des souvenirs à Violette-Anne…

779 La fée Zoé **Junior**
par Linda Leopold Strauss
Qui a dit que les fées avaient des ailes et une baguette magique ? Lorsque Zoé entre dans la vie de Caroline, elle a l'air d'une petite fille tout à fait ordinaire… et pourtant ! Tout le monde ne peut pas voler et faire parler les chats !

778 L'île du vampire **Junior**
par Willis Hall
Rejeté à cause de ses ancêtres Dracula, les seuls amis du comte Alucard sont les loups de la forêt. Quand l'un d'eux est capturé, le comte improvise un sauvetage… qui se transforme en naufrage sur une île déserte !

767 **Le quai des secrets** **Senior**

par Brigitte Coppin

Bretagne, 1529. Un navire espagnol fait escale à Nantes et y laisse une femme, Leonora, et son fils, Jason. Leonora rencontre Jean, médecin, et ensemble ils ont une fille, Catherine. Un jour, Jason dérobe un miroir pour l'offrir à une jeune villageoise. Ce vol va entraîner la révélation de bien des secrets...

766 **Le diable dans l'île** **Senior**

par Christian de Montella

1604. Un navire espagnol accoste une île des Terres australes. Fils du commandant, Diego comprend la barbarie de cette conquête, et se joint au combat, mais du côté des indigènes. Commence alors une vie nouvelle, heureuse. Mais bientôt des incidents troublent le quotidien de l'île: les habitant sont persuadés que l'esprit du mal est parmi eux. Qui est donc le diable qui hante l'île?

765 **Sans toit en Bosnie** **Senior**

par Els de Groen

Dans les ruines d'un village bosniaque, la guerre rôde. Seule Antonia y habite. Son but: survivre, afin d'aider trois adolescents, réfugiés dans la montagne proche. Un jour elle recueille Aida, rescapée d'un convoi de prisonniers. La vie est-elle encore possible pour tous ces adolescents?

764 **Le conquérant** **Senior**

par Marguerite de Angeli

XVIIIe siècle: entre guerres et maladies, le malheur frappe de nombreuses familles en Angleterre. Robin n'a que dix ans lorsqu'il perd l'usage de ses jambes. Il parviendra à vivre avec son handicap,mais un autre défi l'attend: sauver le château.

759 Monsieur Labulle super magicien **Junior**
par Massimo Indrio
En pleine nuit, M. Labulle est réveillé par un bruit. Il découvre dans la cuisine une petite fille: Stella arrive de l'espace, elle est magicienne. Elle lui demande de l'accompagner dans une mission… explosive !

758 Monsieur Labulle super cosmonaute **Junior**
par Massimo Indrio
Lulu Tirebouchon est le meilleur ami de M. Labulle. Cet inventeur de génie vient de créer une fusée. M. Labulle accepte de tester l'engin : dans quelle drôle d'aventure s'est-il encore embarqué?

757 Monsieur Labulle super détective **Junior**
par Massimo Indrio
M. Labulle adore lire les aventures de Super Super. Quand il apprend l'enlèvement de l'oncle Rémi, il décide de prouver à son tour son courage. Attention ! Monsieur Labulle mène l'enquête…

756 Monsieur Labulle super pilote **Junior**
par Massimo Indrio
M. Labulle, dans la vie il faut travailler ! Oui, mais quel métier exercer ? Pâtissier ou peintre en bâtiment ? Pilote d'essai semble une meilleure idée… quelle course !

749 Khan, cheval des steppes **Senior**
par Federica de Cesco
Anga, jeune Mongole, sauve d'une meute de loups un magnifique poulain blanc. Anga et Khan deviennent inséparables. Mais le cheval est convoité par le chef de la tribu, puis réclamé par un prince : dans la Mongolie du XIIe siècle, Anga, fille de chasseur, pourra-t-elle garder son nouvel ami près d'elle ?

748 **Beau-Sire, cheval royal** **Senior**

par Jacqueline Mirande

1214. Jean, jeune noble de quinze ans, est privé de ses richesses par son cousin. Il veut demander justice au souverain, Jean sans Terre, et s'enfuit avec Beau-Sire, son cheval. Mais ce magnifique étalon est très convoité : la route est semée d'obstacles et Jean, tombé aux mains d'un brigand, n'aura la liberté… qu'en échange de sa monture.

747 **Un cheval pour totem** **Senior**

par Alain Surget

Nuun a dix ans, l'âge auquel on devient adulte dans sa tribu. Il doit pour cela subir un rite d'initiation et choisir un animal-totem : ce sera le cheval. Quelques jours plus tard, il trouve un poulain, et l'adopte. Nuun le baptise Charbon, et ils deviennent inséparables. Mais le sorcier de la tribu est jaloux, et se fait menaçant…

746 **Le cavalier du Nil** **Senior**

par Alain Surget

Bitiou, fils de paysans dans l'Égypte des pharaons, est fasciné par les chevaux. Un jour, il se joint aux troupes de Ramsès II, qui regagnent Memphis. Arrivé au palais, Bitiou se faufile jusqu'aux écuries royales. C'est alors qu'il fait la connaissance du plus beau cheval de Pharaon : ensemble, ils vont vivre des aventures extraordinaires.

745 **Punch et Judy** **Senior**

par Avi

Les États-Unis, à la fin du XIXe siècle. Punch a huit ans à peine lorsqu'il est recueilli par la troupe ambulante des Joe MacSneed. Il apprend dès lors à vivre comme un vrai saltimbanque, aux côtés de Judy, la fille de Joe, dont il est amoureux. Mais bientôt, les difficultés s'accumulent…

744 Les naufragés du ciel **Senior**
par Daniel Vaxelaire
Octobre 1929, aéroport du Bourget : l'avion Farman 192 AJJB s'envole. À son bord, trois héros avec ce rêve fou, ce pari insensé : rallier la Réunion par les airs. Arriveront-ils à bon port ? Farman résistera-t-il aux tempêtes du continent africain ? La mer épargnera-t-elle les aventuriers ?

743 Viola Violon **Senior**
par Rachel Hausfater-Douieb
Viola a onze ans et déteste son prénom. Jusqu'au jour où Benny la surnomme « Viola Violon » : alors, pour que son prénom soit aussi beau que la musique d'un violon, Viola décide d'apprendre à jouer de cet instrument. Au fil des années, Viola va trouver son identité et s'accepter telle qu'elle est, grâce à la musique.

742 Un héros pas comme les autres **Junior**
par Anne-Marie Desplat-Duc
Mathias, un jeune paysan, vit au XVe siècle. Amoureux de la châtelaine Aelis, il n'ose pas lui avouer ses sentiments. Il finit par demander de l'aide à un personnage tout à fait inattendu… l'auteur !

737 L'été catastrophe ! **Senior**
par Margot Bosonnet
Depuis que Marcus a rejoint la bande du Ventre Rouge, les grandes vacances ne sont plus qu'une gigantesque bataille ! Grimper aux arbres à mains nues, voler des groseilles, passer la nuit dans une ruine abandonnée (et hantée !)… ces cinq lascars ont plus d'une idée en tête pour faire enrager voisins, parents… et même policiers !

736 Tante Morbélia et les crânes hurleurs **Senior**
par Joan Carris
Horreur ! Tante Morbélia vient s'installer chez Todd, et avec elle toutes ses légendes de crânes hurleurs et d'affreux fantômes ! En plus, c'est une ancienne maîtresse, qui veut lui faire réciter ses leçons chaque jour. Dire que pour Todd, retenir les douze mois de l'année est déjà tellement compliqué… Et puis surtout, surtout, il déteste les histoires qui font peur !

735 Ah ! Si j'étais grand… **Junior**
par Siobhan Parkinson
Ça n'est vraiment pas drôle d'avoir mille cent ans, d'être lutin et petit pour la vie ! Lorenz en a assez, assez, assez ! Mais voilà qu'il fait la connaissance d'Iris, qui elle, voudrait bien être moins ronde et rétrécir un peu. Que vont inventer les nouveaux amis pour changer de vie ?

734 Un prince en baskets **Senior**
par Liliane Korb et Laurence Lefèvre
Quelle surprise ! Solveig et Nils, descendus fouiller la cave pour s'occuper, y découvrent une jolie jeune fille assoupie… depuis deux cents ans ! N'y aurait-il pas un petit peu de sorcellerie là-dedans ? Et que faire d'une aristocrate qui a échappé à la Révolution, quand on a quatorze ans et qu'on porte des baskets ?

732 L.O.L.A **Senior**
par Claire Mazard
Qui adresse du courrier à Lola sans le signer ? Pour la jeune fille, ces lettres anonymes sont d'abord agaçantes, puis touchantes, et surtout intriguantes. Accompagnée de son petit frère Jérôme, Lola va mener une enquête… alors que la réponse est tout près d'eux, sous leurs yeux.

731 Ninon-Silence **Senior**
par Marie-Claude Bérot
Une nuit, Ninon est réveillée par des sanglots dans la chambre de ses parents. Elle entend cette phrase terrible : « Ninon n'est pas ta fille ! ». L'enfant a l'impression que le monde s'écroule autour d'elle. Le lendemain, Ninon a perdu la parole.

730 Le Maître des Deux Terres **Senior**
par Alain Surget
Antaref, roi de Haute-Égypte, a été assassiné. Son fils doit lui succéder. Mais le temps presse, car déjà la Basse-Égypte a déclaré la guerre. Ménès saura-t-il défendre son pays, venger son père et libérer son amie Thouyi, avant de devenir le premier pharaon ?

721 Prends garde aux dragons ! **Junior**
par Norbert Landa
Le roi et la reine partis en Italie, le petit prince Léo est seul au château. Il tombe sur un œuf de dragon. Que faire ? Le conserver ou le cuisiner ? Mais est-ce que c'est bon, une omelette de dragon ?

720 À vos marques ! **Senior**
par Michel Amelin
C'est reparti ! Dès le début de l'automne, la mère de Gontran est obsédée par le port de l'écharpe obligatoire ! Quelle horreur, surtout quand la dite écharpe a déjà été usée par des générations, depuis le frère aîné de l'arrière-grand-père de Gontran... Il aimerait tellement frimer avec des vêtements de marque, comme tant de ses copains !

Cet
ouvrage,
le sept cent
trente-deuxième
de la collection
CASTOR POCHE,
a été achevé d'imprimer
sur les presses de l'imprimerie
Maury Eurolivres
Manchecourt - France
en octobre 2004

Dépôt légal : janvier 2000.
N° d'édition : 4675. Imprimé en France.
ISBN : 2-08-16-4675-7
ISSN : 0763-4544
Loi n° 49-956 du 16 juillet 1949
sur les publications destinées à la jeunesse